Waltzing Matilda – Die Nacht einer Liebe

Waltzing Mathilda

—

Die Nacht einer Liebe

Basierend auf dem Lied
„Tom Traubert's Blues"
von Tom Waits

Eine Erzählung von

Patrick Schumacher

Bibliografische Information der Deutschen Nationalbibliothek:
Die Deutsche Nationalbibliothek verzeichnet diese Publikation
in der Deutschen Nationalbibliografie; detaillierte bibliografische
Daten sind im Internet über http://dnb.d-nb.de abrufbar.

© 2009 Patrick Schumacher
Satz, Umschlaggestaltung, Herstellung und Verlag:
Books on Demand GmbH, Norderstedt

ISBN: 978-3-8370-3403-5

In Bewunderung gewidmet
dem großen Künstler

Tom Waits.

1

*I*n dieser Nacht fürchtete ich … Ich rannte. Ich rannte und ich fürchtete! Vielleicht zum ersten Mal in meinem Leben. Mathilda? Ich fürchtete, dass diese Wunde niemals heilen würde. Und ich fühlte mich dem Wahnsinn nahe. Wie ein gehetztes Tier rannte ich. Schneller. Der Wahnsinn. Mir im Nacken! Oh, Mathilda!

Die Wunde! Ich fürchtete, fürchtete, sie würde niemals heilen. Fürchte es immer noch … Jetzt nicht *die* Wunde, die Schnittwunde auf meiner Brust. Sicher, die brannte wie die Hölle und hatte immer noch nicht ganz aufgehört zu bluten. Aber *sie* würde heilen, vielleicht verschwinden, ganz sicher vernarben. Aber *meine* Wunde, *die* Wunde, die, so fürchtete ich und fürchte ich noch, würde niemals vernarben, sich niemals auch nur schließen. Heiß und sengend wird sie ewig geöffnet bleiben, für jeden sichtbar; und sie wird mein Blut, mein Lebensblut vergießen. Nie würde sie heilen! Dessen war ich mir sicher. Mathilda!

Ich fürchtete schon nicht mehr. Ich war mir dessen bewusst. Ich fühlte mich dem Wahnsinn nahe. Rennen. Schneller! Doch immer näher … Mathilda! Wo? Wohin? Du, ich, doch jetzt … Mathilda! Immer näher.

Ich lief. Wie lange schon? Und wohin? Ich lief. Unterm Vollmond rannte ich. Gehetzt. Als Flüchtling ohne Ziel, als Fremder, als Aussätziger, durch Straßen, durch die Straßen einer Stadt, die eigentlich mal meine Stadt, die Stadt meiner Jugend gewesen war. Und jetzt? Und Mathilda? Ich lief. Ohne Ziel. Besinnungslos. Blind. Dann kam die Wand!

Ohne es zu merken, war ich in eine Gasse geraten. Sie hatte keinen Ausweg. Ich sah die Wand – vielleicht die Rückwand eines Gebäudes – nicht kommen. Dann prallte ich dagegen. Mit der Stirn und dem rechten Knie gleichzeitig. Der Koffer, den ich trug, fiel mir fast aus der linken Hand, doch ich hielt ihn mit letzter Kraft fest. Nicht loslassen! Ich fiel fast vorwärts. Kopfüber, wie es mir schien. Kopfüber gegen die Wand. Der Schmerz war heilsam. Doch nur kurz. Ich befühlte meine Stirn. Blut. Tropfen in die Augen. Rot. Mit der freien Hand holte ich aus und schlug zu. Schlug gegen die Wand. Eine Häuserrückwand? Die Hand schmerzte. Ich schlug weiter zu. Die Wand blieb stehen. Direkt vor mir. Meine rechte Hand war aufgerissen und begann zu bluten. Ich ließ sie hängen. Mit der Handfläche nach unten. Ich lehnte die Stirn an die Wand. Sie war kalt. Ich drückte die Stirn gegen die Wand. Immer stärker. Sie stand da. Direkt vor mir.

„Kannste die Tür nich' finden?"

Was war das?

„Ey, du! Kannste die Tür nich' finden?"

Langsam realisierte ich, dass jemand zu mir sprach. Ich drehte mich um. Im Halbdunkel der Gasse an einer Wand, nahe bei der Wand, vor der ich stand, saß ein Penner auf einem auseinandergefalteten Pappkarton. Er glotzte mich besoffen aus doofen Augen und mit einem geöffneten, fast zahnlosen Mund an. Er grinste.

„Kannste die Tür nich' finden?" Dann lachte er, prustete er, konnte er sich gar nicht wieder einkriegen. Er kringelte sich auf der Pappe und daneben im Straßendreck. „Hahaha … Der is' guud! … Die Tür nich' finden! … Hahaha … Die Tür! … Nich' finden! … Mensch, Willi!"

Ich rutschte mit dem Rücken an der Wand herunter und setzte mich. Ich war erschöpft. Tot. Fast. Mein Knie schmerzte. Meine Stirn schmerzte. Den Schmerz fühlte ich noch, gerade so. Ich stützte den Kopf in die Hände. Den Koffer hatte ich neben mich gestellt. Der Penner lachte immer noch. Jetzt glotzte ich ihn an. Fassungslos, wie er sich vor Lachen auf dem Boden wand.

„Halt's Maul!", fuhr ich ihn an. Er verstummte allmählich und richtete sich langsam wieder auf. Wir saßen uns schräg gegenüber, beide an unsere eigene Wand gelehnt und schwiegen. Fast schon mechanisch zog ich die Flasche Old Bushmills aus der Manteltasche und nahm einen Schluck. Ich verschluckte mich, hustete, verschüttete etwas. Zu den Blutflecken auf meinem Mantel und dem T-Shirt gesellten sich Whiskyspritzer. Der Penner glotzte. Dann kicherte er leise, verstummte aber, als ich von meinem befleckten und zerrissenen T-Shirt zu ihm aufblickte.

„Ey …, krieg' ich auch 'n Schluck?", fragte er dann und leckte sich langsam über die Lippen.

Ich glotzte ihn mit leeren Augen an.

Er: „Komm schon! Was is'?" Und dann: „Komm, einen für Willi!"

Ich schüttelte den Kopf, dann reichte ich ihm die Flasche.

2

Mein Name ist übrigens Tom. Eigentlich Thomas, Traubert. Meine Mutter hat mir früher erzählt, mein angeblicher Vater wäre Franzose gewesen. Ich bin mir sicher, das interessiert Sie noch weniger als mich. Ich spreche meinen Namen auf jeden Fall „Trau" wie trau und „bert" wie Bert aus.

Mein Name ist Tom. Ich liebe Mathilda. Mathilda ist tot. Sie war eine Killerin. Sie tötete für Geld und im Auftrag.

Sie war gut in ihrem Job. Sie hatte an die hundert Menschen getötet. Und sie schlief mit Männern für Geld, damit niemand herausfinden sollte, was sie wirklich für Geld tat. Das wäre unser Ende, hatte sie häufig gesagt. Schon deshalb hatte ich nichts dagegen, dass sie mit anderen Männern schlief.

Ich dagegen bin gar nichts. Vielleicht der Mann von nebenan, allenfalls. Unauffällig bin ich. Und irgendwie rastlos. Immer hier und doch nie zu Hause. Und vielleicht bin ich ein Dieb. Ein kleiner Dieb. Ich bestehle Mamas und Papas, Omas und Opas, Leute im Bus und auf der Straße. Auch Kinder. Und ich trinke. Mathilda trank auch. Mehr als ich. Ich war immer hier, in meiner Stadt. Ich liebte meine Stadt, wenn es so etwas gibt. Dachte, ich würde sie niemals verlassen. Dachte es. Bis zu dieser Nacht, von der ich Ihnen erzählen werde.

Wenn Sie nun unsere Geschichte, die Geschichte von Mathilda und Tom, hören möchten – jetzt kann ich sie Ihnen ja erzählen, jetzt, da ich bis an mein Lebensende Zeit habe. Wenn Sie die Geschichte also hören wollen, dann muss ich Ihnen aber vorher schon sagen: Sie müssen sie wieder vergessen! Vergessen Sie die ganze Geschichte wieder. Die Geschichte dieser einen Nacht ist die ganze Geschichte! Die einzige, die wichtig ist.

* * *

Es war kalt an diesem Abend, das weiß ich noch genau. Und der Vollmond stand groß und fett am dunklen Himmel. Schon früh am Abend, denn es war Herbst. Ich war unterwegs zu Mathilda. Bewaffnet mit einer Flasche Old Bushmills für den Abend. „Bewaffnet" ist gut. Wenn Sie so wollen, war ich immer bewaffnet. Meinen Dolch hatte ich immer dabei. Vielleicht war er ein Geschenk meines angeblich französischen, angeblichen Vaters gewesen. Das weiß ich nicht mehr. Auf jeden Fall hatte ich ihn immer bei mir. So, wie andere Leute eines dieser seltsamen Mehrzweckmesser am Schlüsselbund oder in der Hosentasche tragen, hatte ich meinen Dolch immer in einer Halterung am Gürtel auf dem Rücken. Seltsam, als Taschendieb. Eigentlich hätte ihn doch Mathilda nötiger gehabt. Schließlich ist, *war*, war sie die Killerin. Aber sie stand mehr auf Schusswaffen. Trotzdem hat sie, wenn sie sich meinen Dolch ansah, häufiger mal gesagt: „Wer weiß, vielleicht brauche ich den ja doch mal eines Tages." Damals hatte ich noch nicht gewusst, was sie damit meinen könnte. Heute weiß ich es.

Mathilda empfing ihre Freier ausschließlich zu Hause. Aus Prinzip, wie sie sagte. Einen Zuhälter hatte sie nicht. Den brauchte sie auch nicht. Sie war stadtbekannt und darüber hinaus. Alte Männer, junge Männer, Matrosen, Maurer, gesunde Männer, Männer im Rollstuhl, auch Frauen – sie alle kannten Mathilda und wussten sie zu schätzen. Ich war niemals dabei, wenn sie „besucht" wurde. Niemals sollte ich es sehen, hatte Mathilda gesagt. Deswegen war ich auch an diesem Abend auf dem Weg zu ihr. Heute war ihr freier Tag. Obwohl die Flasche Whisky noch verschlossen war, war ich schon ziemlich angetrunken. Schließlich war es schon spät, wahrscheinlich so gegen acht Uhr, und ich hatte den Abend zu Hause bereits mit einigen Getränken begonnen.

Mathilda empfing mich an der Tür zu der roten Plüschzelle, die ihre Wohnung war. Sie heulte. War panisch. Gar nicht zu beruhigen. Ihr Gesicht war wie zerlaufen, obwohl sie sich selten schminkte. Sie stank. An freien Tagen trank sie mehr als sonst. Geschäft ist eben Geschäft. Ich reichte ihr meine Flasche, öffnete sie für sie. Sie schluchzte und schluchzte, griff dann fast automatisch zu. Fragend sah ich sie an. Sie trank.

„Das war's", schluchzte sie dann. „Das war's, jetzt haben sie mich! Jetzt kriegen sie mich!"

„Wer?", fragte ich und versuchte, schon in dieses eine Wort einen beruhigenden Ton zu legen, obwohl das bestimmt gar nicht geht.

Solche Ausbrüche kannte ich von ihr. Ich glaube, die Ärzte nennen es Paranoia oder Verfolgungswahn, was sie hatte. Sie sah böse Geister, Feinde, Bullen, Zivilbullen, andere Killer und Killerinnen, die auf sie angesetzt waren. Überall und jederzeit. Dieses Mal schien es aber anders zu sein. Immer noch heulend ging sie durch ihren roten Plüsch-Raum, der – wenn man an ihre Nebenbeschäftigung denkt – sehr zweckmäßig eingerichtet war: Außer einem mit dunklem Rot verhängten Kleiderschrank, einem ebenso rotüberspannten Bett und einem einzigen Tisch gab es so gut wie nichts. Zu diesem einzigen Tisch ging sie jetzt und reichte mir eine Zeitung, die darauf gelegen hatte.

Als ich die Titelseite sah, schwante mir nichts Gutes. Ich hatte es neulich schon von ihr gehört, dachte es wäre nur ein weiterer Anfall gewesen, wegen Überarbeitung oder Perfektionismus, was weiß ich. Nun las ich es schwarz auf weiß. Ich überflog die Spalten des Aufmachers, konnte mich kaum darauf konzentrieren. Jetzt war es doch passiert! Es hatte ja irgendwann so kommen müssen, obwohl ich es nie so wie sie befürchtet hatte: Mathilda hatte Mist gebaut. Sie hatte zu viel gewollt. Hatte sich nicht davon abbringen lassen, dass ihr Ziel diesmal nicht *ein* Mann, sondern *drei* Männer sein sollten. Drei von der übleren Sorte. Gangsterbosse, Bandenchefs, Unterweltgrößen, ganz wie Sie wollen. Mathildas Auftraggeber hatte Bedenken geäußert, ob es möglich wäre, die drei bei ihrem nächsten Treffen in der nahen Großstadt quasi „auf einen Streich" abzuräumen, aber Mathilda hatte gesagt: „Kein Problem! Ich mach das!" Sie war erfolgsverwöhnt.

Dieses Mal war es schiefgelaufen. Sie hatte den dreien aufgelauert, sie angesprochen, irgendwo in einer Seitenstraße, so wie sie es immer gemacht hatte. An die hundert Male zuvor. Diesmal war es schiefgegangen. Wie immer war sie mit zwei Knarren bewaffnet gewesen. Einer Automatik und einer kleineren Pistole. Eine genaue Ahnung habe ich nicht davon, Mathilda war die Waffennärrin. Kurz, bei den ersten beiden Herren ging alles glatt. Sie fielen. Der dritte aber – scheiße, warum mussten es auch drei sein – hatte sich auf sie gestürzt, bevor sie ihn abknallen konnte, hatte sie zu Fall gebracht, war aber anscheinend unbewaffnet und hatte es dann wohl deshalb vorgezogen, abzuhauen. Mathilda hatte sich aufgerappelt und ihn, bevor er um die nächste Häuserecke war, mit ihrer Pistole erwischt. Er war gefallen. Das Problem war nur, dass im Häusereingang, aus dem die drei gekommen waren, Stimmen laut wurden und Schritte im Treppenhaus zu hören waren. Mathilda hatte weggemusst, ohne sich von der Qualität ihrer Arbeit an Ort und Stelle zu überzeugen, wie es sonst immer ihre Art gewesen war.

Was soll ich weiter sagen? Der Zeitungsartikel bestätigte, was sie befürchtet hatte und ich nicht hatte wahrhaben wollen: Der dritte Typ hatte überlebt und erholte sich auf der Intensivstation. Da die Ermittlungen der Polizei auf Hochtouren liefen, brauchte man kein Genie sein, um zu wissen, dass die Bullen ihm wahrscheinlich keine Sekunde von der Seite wichen, um ihn zu befragen, sobald er auch nur wieder röcheln konnte. Mathilda war niemals maskiert gewesen bei ihren Jobs. „So auszusehen, wie jemand, der auf der Straße an dir vorbeigeht und den du fünf Sekunden später wieder vergessen hast, das ist die beste Tarnung, die du haben kannst", hatte sie immer gesagt. Ich als Taschendieb konnte ihr da nur zustimmen.

Während ich den Artikel überflog, hörte ich Mathilda seufzen. Wenigstens heulte sie nicht mehr. Damit war ich schon immer total überfordert gewesen. Dafür erklang auf einmal Musik. Musik? Laute Musik. Klassische Musik? Ich

13

ließ die Zeitung sinken. Mathilda stand noch an der sonst immer unter einem roten Tuch verborgenen Stereoanlage, die der einzige Einrichtungsgegenstand von einigem Wert war. Sie hatte die Augen geschlossen und schwankte leicht – obwohl besoffen, doch passend, wie mir schien – zur getragenen Musik in der Ecke des Zimmers hin und her. Ich betrachtete sie, wollte etwas sagen, irgendetwas. Musik? Jetzt? Ich meine, das passt doch nicht. Oder? Etwas sagen? Oder sie vielleicht in den Arm nehmen?

„Ich mach Schluss", kam es dann unvermittelt von ihr. Sie hatte die Augen wieder geöffnet und schwankte nicht mehr so stark. Ihre Zunge war aber doch schon recht schwer. Nur das Schimmern in ihren Augen zeigte, dass hier nicht nur eine deprimierte Alkoholikerin sprach. „Ich mach Schluss. Bitte, geh jetzt!", sagte sie und zog sich scheinbar noch weiter in ihre Ecke zurück. „Geh jetzt, das war's. Ich mach jetzt Schluss! Lebend kriegen die mich nicht. Ich geh nicht in den Knast! Ich mach Schluss."

Im nächsten Moment kniete ich vor ihr und hielt ihre Beine umschlungen. Jetzt war ich dran mit Heulen. Ich schluchzte und schluchzte. Die Tränen liefen mir die Wangen herunter. Dann endlich konnte ich sprechen: „Bitte! Hör auf mit dem Scheiß! Wir gehören doch zusammen. Du kannst doch nicht …"

„Eben drum", unterbrach sie mein Geheule, „eben weil wir zusammengehören." Dann zog sie mich zu sich hoch. Ihr Gesicht hatte sich verändert, sie sah aus, als wäre sie sehr entschlossen und gar nicht mehr betrunken. Aber was weiß ich schon, ich war ja auch schon voll. Sie nahm mich in den Arm, streichelte mir über den Kopf. „Eben drum", sagte sie wieder, diesmal mit ihrer sanftesten Stimme, die ich so liebte. „Eben weil wir zusammengehören, für *immer* zusammengehören, lass ich es nicht zu, dass sie mich kriegen! Ich geh nicht in den

Knast." Dann schloss sie die Augen und schwankte wieder zu der schmalzigen Musik.

Ich schwankte in ihren Armen mit, hielt uns dann aber an und schaute ihr in die Augen. „Dann lass uns gehen!" Sie schüttelte nur den Kopf. „Es musste so kommen", sagte sie mit wieder geschlossenen Augen und ohne Bedauern in der Stimme. „Du wusstest, worauf du dich mit mir einlässt." Ich blieb stumm.

„Lass uns abhauen. Nur wir beide, die kriegen uns nie!", versuchte ich es dann noch einmal.

Sie schüttelte nur den Kopf. Dann öffnete sie die Augen: „Ich liebe dich. Darum möchte ich, dass du jetzt gehst." Sie blickte rüber zum Bett. Ich wusste, dass zumindest eine ihrer Pistolen immer unter der Matratze versteckt war.

Sie versuchte ein Lächeln. „Ich werde nur einen Schuss brauchen. Ganz kurz. Dann ist alles vor…bei." Beim „bei" von „vorbei" war ihre Stimme schwach geworden.

„Mathilda, das kannst du nicht tun. Das lass ich nicht zu, hörst du."

Sie hatte wieder die Augen geschlossen, summte leise zu dieser Scheißwalzermusik und schüttelte nur den Kopf. „Bitte, geh jetzt. Ich will nicht, dass du dabei bist." Dann öffnete sie die Augen und schaute mich an: „Ich mach Schluss. Aber *du* musst gehen und leben, versprichst du mir das?"

„Einen Scheiß", brüllte ich. Ich war wütend, in Panik wie noch niemals zuvor, machte mich von ihr los. Ich griff mir auf den Rücken, über den Hosenbund, da wo der Dolch festgemacht war. „Wenn du gehst, geh ich mit. So schnell wirst du mich nicht los. Ich liebe dich, verdammte Scheiße!" Damit hielt ich ihr den Dolch mit der Klinge auf mich gerichtet hin, öffnete meinen Mantel und ließ mich vor ihr wieder auf die Knie fallen. „Deshalb musst du *mich* zuerst töten. Los! Bitte erstich mich. Los!"

Sie nahm den Dolch tatsächlich und hielt ihn andächtig in beiden Händen.

„Los, doch", brüllte ich. „Stich schon zu. Wenn du gehst, geh ich auch." Ich nahm ihre Hände und zog sie so nah vor meine Brust, dass die Klingenspitze schon den Stoff meines T-Shirts berührte. „Erstich mich", brüllte ich wieder. „Wir gehen zusammen. Nie ohne dich. Los!"

Mit leeren oder besoffenen Augen betrachtete sie mich eingehend. Sie schien wirklich zu überlegen, ob ... Der Dolch schwankte dicht vor meiner Brust zusammen mit Mathildas Körper im Walzertakt. Dann stach sie zu. Es war nur ein kleiner Stich, der so sanft und kraftlos ausgeführt war, dass die Klinge meine Haut kaum berührt hatte. Ich aber bekam einen solchen Schreck, dass ich aufsprang und in derselben Bewegung den Dolch zur Seite schlug. Er riss mein T-Shirt quer über der Brust auf und schnitt in mein Fleisch. Es brannte wie Feuer. Die Schnittwunde begann sofort zu bluten.

Mathilda starrte mich an. „Blut. Dein Blut!", flüsterte sie tonlos. Dann wurde sie blass. Der Dolch fiel zu Boden. Bevor sie in sich zusammensackte, fing ich sie auf. Ich zog mich langsam an ihr empor. Zu jeder Bewegung unfähig, standen wir da, in der Ecke ihrer roten Plüschzelle vor der Stereoanlage. Ich drückte sie an mich, wollte sie nicht mehr loslassen.

Sie war wieder bei sich und hatte wieder angefangen zu heulen. Mein Blut verschmierte ihren Pullover. Wir schwankten zusammen zu dieser Scheißmusik, die immer noch aus der Stereoanlage plärrte.

Wie lange wir so aneinandergeklammert hin und her wankten, weiß ich nicht mehr, irgendwann war sie wieder ganz ruhig. Dann seufzte sie einmal, küsste mich und sagte mit ihrer sanftesten Stimme, die ich so liebte: „Du bist ja betrunken!"

„Na, du doch auch", antwortete ich leise.

Sie lächelte schwach und nickte. Dann noch ein tiefer Seufzer. „Ich bin müde. Bringst du mich ins Bett? Ich meine, ich glaube, ich möchte heute Nacht alleine schlafen. Morgen können wir beraten, wie ..."

Hoffnungsvoll nahm ich sie auf, trug sie aufs Bett. Alle Verzweiflung war von mir abgefallen, dass das Blut immer noch aus der Wunde quoll, störte mich nicht mehr. „So ist es gut. Morgen hauen wir ab, mein Schatz. Wir beide. Du und ich. Ich lass dich nur ungern allein, aber wenn es dein Wunsch ist ...", flüsterte ich.

„Ja ... bitte", sagte sie schon im Halbschlaf. Ich küsste sie. Sie erwiderte meinen Kuss noch, dann war sie eingeschlafen.

Vorsichtig ging ich neben ihrem Bett auf die Knie und tastete den Lattenrost von unten ab. Meine Finger stießen an die Pistole in der Halterung, die dort angebracht war. Ich zog sie heraus und steckte sie ein. Dann nahm ich ein Taschentuch, faltete es und drückte es auf die Wunde, um die Blutung vollends zu stoppen. Das Tuch blieb von allein dort kleben. „Gute Nacht, Mathilda", flüsterte ich, ließ alles andere in der Wohnung, wie es war, ich glaube, selbst die Musik lief immer noch, und ging.

Morgen hauen wir zusammen ab, dachte ich noch, als ich unten auf der Straße stand. Die Pistole hatte ich sicherheitshalber entladen und dann in einem großen Blumenkübel versteckt, der neben der Haustür stand. Morgen, für die Flucht, würde ich sie wieder herausnehmen. Finden würde sie hier bestimmt niemand. Seltsam, auf was für Ideen man kommt, wenn man besoffen ist. Morgen hauen wir zusammen ab. Weg hier von dem Scheiß! Nichts und niemand wird uns jemals trennen können.

Nachdem ich ein paar Schritte gegangen war, drehte ich mich noch einmal um. Ihr Zimmer leuchtete in hellem Rot und strahlte über den ganzen Hof der Wohnanlage. Ich sah ihre

Silhouette am Fenster sofort. Mathilda rot umrahmt. Mathilda? Warum schlief sie nicht? Die Silhouette? Was machte sie? Ihre Arme? Ihre Hände? Ein Gegenstand? Der Dolch, durchfuhr es mich. Ich hatte den Dolch nicht wieder an mich genommen.

Ich rannte zurück. Die Treppen hinauf. Die Tür war verschlossen. Der Ersatzschlüssel? In meiner Manteltasche. Tür offen, hinter mir wieder zu. Mathilda? Zu spät. Sie kauerte auf den Knien, in sich zusammengesunken, nahe beim Fenster, neben einem großen braunen Lederkoffer, den ich vorher noch nie bei ihr gesehen hatte.

„Mathilda!" Ich stürzte zu ihr. Richtete sie in meinen Armen auf. Sie röchelte und gurgelte. Sie war noch nicht tot. Der Dolch steckte etwas seitlich, wahrscheinlich zwischen zwei Rippen, in ihrer Brust nahe am Herz. Es quoll nur wenig Blut aus der Wunde. Ich hielt sie fester und heulte: „Mathilda! Keine Angst, ich bin da! Ich werde einen Arzt …"

„Du … nein …", unterbrach sie mich schwach. „Halt mich fest."

„Du bist so dumm. So scheißendumm!", schrie ich sie vor Verzweiflung an, während sie immer flacher atmete.

Und dann? Sie lächelte, ganz schwach nur. Und dann? Nur aus dem Oberkörper, ganz sacht, fing wieder dieses Vibrieren, dieses Schwanken zur Scheißwalzermusik an, die einfach nicht aufhören wollte. Und dann?

„Tanz mit mir", kaum hörbar, kaum mehr als ein ersticktes Röcheln.

„Tanzen? Ich muss einen Arzt …"

Doch sie hielt mich. „Tanz mit mir."

Ich zog sie dann wirklich hoch. Wir hielten uns noch fester, der Schaft des Dolches ragte neben meinem Oberkörper aus ihrer Brust. Ich konnte nicht glauben, was hier passierte. Wir tanzten. Mathilda und ich. Hin und her wankten und taumelten wir.

Sie summte leise. „Schöne … Musik", brachte sie hervor.
Dann: „Ich liebe dich."

Ich wurde wütend. „Jetzt reicht's, ich werde einen Arzt …", doch sie fiel, sackte in meinen Armen zusammen und zog mich mit auf den Boden. „Mathilda", schrie ich sie an.

Ihr Atem ging keuchend und rasselnd und ganz schnell. Doch sie schlug noch mal die Augen auf. „Geh …!"

„Nein, nicht ohne dich."

„Geh … Renn", kam es ganz schwach von ihr. Und dann: „Nimm den Koffer."

„Was soll ich denn mit dem Scheißkoffer?", schrie ich sie an. Meine Tränen fielen auf ihre Brust, dahin, wo der Dolch steckte.

„Pass auf ihn auf …", hauchte sie mit letzter Kraft.

„Dieser Scheißkoffer. Ich werde …", brüllte ich.

In dem Bruchteil der Sekunde, in dem ich zu ihm rübergeschaut hatte, wie er so braun und unbeteiligt neben uns stand, war sie gestorben. Ein letztes Seufzen, dann war sie aus meinen Armen bis ganz auf den Boden gerutscht.

„Mathilda, du …", schrie ich. Ich stürzte mich über sie. Rüttelte sie. Trommelte auf ihre Brust. Rüttelte sogar an dem Dolch. „Geh nicht! Du und ich! Wir …" Mathilda war tot. Meine Tränen fielen nun auf ihr Gesicht. Ich sank über ihr zusammen.

Dann küsste ich ihre kalten und trockenen Lippen. Ich sah mich um. Die Scheißwalzermusik hatte endlich aufgehört. Der Koffer? Ich muss weg, durchfuhr es mich dann. Weg hier! Bloß weg! Warum? Es war, als hätte mich etwas angesprungen. Von irgendwoher, vielleicht aus einer Ecke von Mathildas Zimmer. Vor meinen Augen flimmerte es rot. Mathilda rot umrahmt? Meine Wunde? Mathilda? Ihre Wunde? Mathilda! Rot! Weg!

Ich schnappte den Koffer. Riss die Tür auf. Rannte die Treppe hinunter. Rannte über den Hof. Rannte weiter. Weg hier! Das, was mich angesprungen hatte, hatte ich nur kurz abschütteln können. Geifernd und keuchend saß es mir im Nacken, hetzte mich vor sich her. Rennen. Schneller. Die Wunde! Mathilda! Der Koffer! Nicht loslassen! Bloß weg. Direkt hinter mir. Rot vor meinen Augen. Rennen. Nicht loslassen!

3

A hh, das ist guud!", wurde ich aus meinen wirren Gedanken aufgeschreckt.

„Hä, was?"

Der Penner hatte die Whiskyflasche fast zur Hälfte geleert, sie nun aber wieder verschlossen und reichte sie mir. „Das war guud. Selbst für Willi wär' das guud gewesen", ergänzte er zufrieden.

„Willi?", fragte ich irritiert. Dann: „Bist du Willi?"

Das hätte ich lieber nicht fragen sollen. Der Penner brach wieder in sein unsinniges Gelächter aus. Rollte und kugelte sich vor Lachen über seine Pappe und den Asphalt und stieß immer wieder nur prustend hervor: „Ob ich der Willi bin! *Ich* der Willi! Hahaha!" Irgendwann hatte er sich halbwegs wieder eingekriegt. Er richtete sich mühsam wieder auf. Dann ganz ernst: „Sag bloß, du weißt nicht, wer der Willi ist?"

„Nein, weiß ich nicht", gab ich gereizt zurück, steckte meine Flasche wieder ein und griff nach dem Koffer. Bloß weg hier von dem Verrückten. „Sollte ich das denn wissen?", fragte ich beiläufig, während ich langsam aufstand und den Mantel zuknöpfte.

Das gab ihm den Rest. Unter ständigem „Sollte ich das denn wissen?“, rollte und kugelte er sich vor Lachen, diesmal hatte es ihn vollständig. Er konnte nicht mehr aufhören. Kopfschüttelnd stand ich auf und machte, dass ich wegkam. Bloß weg von dem Wahnsinnigen, der hinter mir am Ende der Sackgasse, nah bei der Häuserrückwand, vor Lachen tobte. „Sollte ich das denn wissen! Oh, Mann! Willi ...“, hörte ich es noch hinter mir, dann war ich aus der Gasse raus und wieder auf der Straße.

Ich überquerte sie langsam. Knie und Stirn schmerzten schon nicht mehr so stark. Noch sah man den fetten Vollmond, aber er hatte sein Flatschgesicht bereits hinter einigen schwarzen Wolken versteckt. Es roch nach Regen. Wie spät mochte es sein? In der Ferne lieferten sich zwei Köter ein angestrengtes Rededuell und beschallten auf ihre Art die ansonsten totenstille Straße. Nach einigen hundert Metern weiter Richtung Innenstadt kam ich an zwei parkenden Taxis vorbei, derer Fahrer nicht minder angestrengt miteinander diskutierten. Bloß nicht verdächtig erscheinen, dachte ich. Konnten sie mir etwas anmerken? Das Blut, meine Wunde sehen? Wussten sie vielleicht schon Bescheid? Funkten sie gleich an ihre Zentrale, gaben durch, mich gesehen zu haben? Blutverschmiert, mit einer toten Frau, einige Kilometer die Straße hoch? Ich hörte mich schon an wie Mathilda. Scheißparanoia! Beide Taxifahrer beachteten mich überhaupt nicht. Ich nahm noch einen Schluck Bushmills. Er wirkte schwer und beruhigend. Ich ging weiter.

Auf diesen paar Metern entlang der trostlosen Ausfallstraße konnte ich das erste Mal wieder einige klare Gedanken fassen, das weiß ich noch. Ich analysierte ernsthaft *meine* Situation, obwohl doch jeder Gedanke nur bei Mathilda sein sollte. Sollte ich nicht umkehren, einen Arzt oder so holen und neben ihr warten? Auf alles vorbereitet? Oder doch abhauen, wie sie es sich gewünscht hatte? So oder so ähnlich dachte ich. Dann kam ich an einer Bank vorbei, die bestimmt schon immer genau an dieser Stelle gestanden hatte, die ich aber in dieser Nacht zum ersten Mal sah. Ich schob einen Stoß gefallener Blätter von der kalten und feuchten Sitzfläche, setzte mich und trank. Der Whisky wirkte gut. Schwer, wärmend und beruhigend. Ich dachte ernsthaft nach: Wie stand es um mich? Und Mathilda? Scheiße, Mathilda war tot. Und ich? Auch? Noch nicht. Und wir? Also weg? Wohin? Ja, wohin ...?

Den Gedanken zu Mathilda zurückzugehen, verwarf ich schnell wieder. Es würde nicht mehr lange dauern, vielleicht nur noch ein paar Stunden, dann würde irgendjemandem im Haus etwas auffallen. Und wenn es nur der erste Freier wäre, der sie morgen früh – denn morgen war Donnerstag, ein normaler Werktag also – besuchen würde. Wie immer. Er oder sie würde klingeln. Mathilda würde nicht öffnen. Hatte ich die Tür überhaupt hinter mir geschlossen? Wahrscheinlich nicht. Aber das war jetzt nicht mehr zu ändern. Egal. Noch ein Schluck.

Man würde Mathilda auf jeden Fall bald finden. Und dann? Ich war – und jetzt kam der kühl kalkulierende Kleinkriminelle in mir durch – der Letzte am Tatort. Ich hatte die Waffe, den Dolch, unklugerweise – so wurde mir erst jetzt richtig bewusst – bei ihr, *in* ihr gelassen. Meine Fingerabdrücke, mein Blut überall. Es sah nach einem Kampf aus. Nicht nach Selbstmord. Ein Motiv hätte ich sogar auch, Eifersucht wegen der vielen Freier und Freierinnen oder auf was für Theorien die Bullen sonst noch kommen in ihrem kleinkarierten Denken. Egal. Lieber noch einen Schluck.

Und jetzt? Wohin? Fliehen? Allein? Und wovon? Wie immer war ich pleite. Ich durchsuchte meine Taschen, brachte ein paar Münzen zutage. Reicht wahrscheinlich noch nicht mal für ein Bier in einer Kneipe. Ich brauchte Geld. Wozu?

Zum Fliehen. Mathilda wollte, dass ich rannte, sagte ich mir. Und ich beschloss in diesem Moment, zu rennen. Wegzurennen. Zu fliehen. Die Bullen würden sie niemals kriegen. Und mich, mich würden sie auch nicht kriegen, beschloss ich. Schon gar nicht als Mörder von Mathilda. Niemals.

„Du und ich", flüsterte ich in die Dunkelheit, während ein paar Autos Richtung Innenstadt vorbeirollten. Bloß weg, bevor hier irgendjemand Verdacht schöpft. Ich stand auf und setzte mich in Bewegung.

Also, Flucht. Aber wohin? Und wovon? Geld. Ich brauchte Geld. Nur ein paar Scheine. Frank? Frank hatte Geld. Also schlug ich den Weg zum Haus meines besten Freundes ein.

4

Frank wohnte allein im Vorderhaus einer stillgelegten Fabrik am westlichen Stadtrand. Solange ich ihn kenne, hat er dort alleine gewohnt. Und ich kenne ihn schon eine ganze Weile. Früher war er auch so was wie ich. Ein Kleinkrimineller, wie Sie es wahrscheinlich nennen würden. Kleinen Diebstahl hier, kleinen Einbruch da, Hauptsache ein kleines bisschen Kohle. Aber dann hat er – so mit zwanzig – seine neue Leidenschaft entdeckt, die er kurz danach zum Beruf machte. Er wurde schnell, ähnlich wie Mathilda, ein absoluter Profi auf seinem Gebiet. Anders als ich, ich machte einfach weiterhin das, was ich vorher schon gemacht hatte und blieb einfach der, der ich vorher schon gewesen war. Aber ich bin ja auch nicht viel, so gut wie gar nichts, das habe ich Ihnen ja schon gesagt.

Ach ja, Franks Beruf: Er schläft auch mit Frauen. Häufiger als Mathilda es getan hat. Und erzielt einen höheren Profit, wenn man so will. Er ist Pornodarsteller, und zwar einer der bekanntesten der Szene. Er nennt sich Franky Flow, das hat er mir mal erzählt, wie so vieles andere von seinem Beruf. Ich habe keine Ahnung davon, interessiere mich nicht dafür. Vielleicht habe ich einfach kein Gespür für Jobs, die Geld bringen. Wie gesagt, Frank war Profi in dem, was er tat. Er war sehr gefragt und deshalb viel unterwegs.

Hoffentlich ist er zu Hause, dachte ich deshalb, als ich auf den Klingelknopf neben seiner Eingangstür drückte. Durch die schwere Stahltür hörte ich jedoch schon schmalzige Saxophonmusik und das laute Stöhnen einer Frau und konnte mir deshalb sicher sein, dass jemand zu Hause war. Etwas betreten schaute ich zur Seite und mein Gesicht nahm dabei einen Ausdruck an, den ich nicht beschreiben kann. Tut mir leid.

Frank öffnete.

„Hallo", sagte ich vorsichtig, beinahe fragend.

„Tom, Junge", rief er, übertrieben freundlich bis euphorisch wie immer. „Komm rein. Lange nicht gesehen."

Das stimmte. Dafür, dass er mein bester Freund war, hatten wir schon seit mehreren Wochen nicht miteinander gesprochen. Na ja, er war ja auch viel unterwegs, außerdem trank er nicht mehr, was Mathilda und ich nie ganz hatten nachvollziehen können, und zum Leute ausnehmen in der Fußgängerzone oder in öffentlichen Nahverkehrsmitteln kam er auch schon lange nicht mehr mit. Brauchte er ja auch nicht. Er war erfolgreicher Pornodarsteller und hatte Geld.

Während er mich die Stufen zu seinem Wohnbereich hinuntergeleitete, musterte ich ihn mit jenem seltsamen Gesichtsausdruck, den ich vor der Tür schon angenommen hatte und für die Dauer unseres Gesprächs nie ganz ablegen sollte. Frank trug so gut wie nichts, außer einem glitzernden silber-metallicfarbenen Bademantel, der hinten mit seinem Namenslogo „Franky Flow" in goldener Schrift bestickt war. Flip-Flops, einem schwarzen, ziemlich knappen Slip, der deutlich zeigte, dass Frank erregt war, und einer übergroßen, golden eingefassten Sonnenbrille, die er auch während des Gesprächs nicht abnahm, obwohl es ziemlich dunkel bei ihm war. Die einzige Lichtquelle im Wohnbereich seiner riesigen Wohnung war der ebenso riesige Flachbildfernseher. Dieser beschallte den ganzen Raum: Er zeigte ein Paar bei der „Action", wie Frank es wohl nennen würde. Die Frau gab vor allem akustisch alles, was ich ja schon vor der Tür bemerkt hatte. Dazu vibrierten die Lautsprecher geradezu von dem überlauten und schmalzigen Saxophongedudel. Der Mann aber, der sich bei der immer lauter werdenden Frau von hinten bediente, war Frank selbst.

„Setz dich", sagte er. „Hab leider kein Bier für dich da, muss aber eh auch bald los. Bereite mich gerade auf 'nen Dreh vor. Irre Geschichte, muss ich dir kurz erzählen: In so 'nem Fitnessstudio, deswegen erst heute Abend, damit das Team in Ruhe alles aufbauen kann, nachdem die letzten Pumper weg sind. Geile Nummer auf der Trainingsfläche mit dem geilen Teilchen da oben", er wies mit der Fernbedienung, die er in der linken Hand hielt, auf den Fernseher.

Ich nickte nur.

Wir setzten uns, er auf das Sofa dem Fernseher direkt gegenüber und ich auf einen Sessel, der dem Sofa zugewandt stand, so dass ich den Fernseher nur sehen konnte, wenn ich mich halb herumdrehte. Es war mir recht so. Den Koffer stellte ich neben mich auf den Fußboden.

Ich hatte ja gehofft, Frank würde das Geschacher ausmachen oder vielleicht wenigstens etwas leiser drehen. Er tat nichts dergleichen. Stattdessen ließ er die eingelegte DVD wieder etwas zurücklaufen, wahrscheinlich an die Stelle, an der ich geklingelt und ihn bei seinen „Vorbereitungen" unterbrochen hatte. Er hatte die Stelle gefunden und drückte auf Play.

„Na, bin ich geil oder was?", rief er über das Gestöhne aus den Fernseherboxen zu mir rüber.

„Ja, sicher, Frank", sagte ich leise.

„Gleich kommen noch 'n paar geile Großaufnahmen von mir. Da, kuck dir das an. Hundert Prozent echte Gefühle."

„Mmh, toll", sagte ich mit einem halben Blick auf Franky Flows hochrotes und verzerrtes Gesicht auf dem Bildschirm.

„Wie gesagt", brüllte Frank jetzt vom Sofa aus, „muss mich auf den Dreh nachher vorbereiten, damit ich dann in Topform bin. Macht dir doch nix, oder?" Damit schob er, ohne eine Antwort abzuwarten, seinen schmalen Slip zur Seite und begann sein immer noch hartes Ding mit der rechten Hand zu bearbeiten.

Verdammt, um das zu übersehen, war es dann doch zu hell im Zimmer! „Ja, kein Problem", sagte ich und verzog die Mundwinkel.

Notgedrungen wandte ich mich erst mal wieder dem Fernseher zu. Ich zog meine Flasche hervor und nahm vorsichtshalber noch einen Schluck. Das hielt man ja sonst nicht aus! Franky und sein geiles Teilchen hatten inzwischen die Stellung gewechselt. Die Frau lag auf einem Tisch, die Knie neben den Ohren, zusammengerollt auf dem oberen Rücken, Franky stand nach vorne gebeugt über ihr und hatte soeben eine andere Körperöffnung für sich entdeckt, was nicht nur sie, sondern auch den Frank vor dem Fernseher zu lauten Anfeuerungsrufen veranlasste.

„Mann, bin ich geil gewesen", brüllte Frank gegen das immer lauter werdende Stöhnen der Frau auf dem Bildschirm an. Er scheuerte sein Ding immer schneller. „Einfach rein da. Und dann bam, bam, bam! Richtig geil!", kommentierte er. Dann schaute er kurz zu mir rüber: „Auch schon mal so gemacht?", brüllte er.

„Ja, sicher, Frank", gab ich zur Antwort und schaute angestrengt auf meine Flasche.

„Pass auf", brüllte der Frank vor dem Fernseher, während auch sein Pendant auf dem Bildschirm immer lauter ins Gebrüll der Frau einstimmte. „Gleich komm ich … richtig geil über sie."

Kurz darauf sah man Franky auf dem Bildschirm – besser gesagt seinen Körper von der Brust an abwärts –, wie er nach verrichteter Arbeit, wohl zur Belohnung für die gute Leistung, sein Sperma über das Gesicht der nun vor ihm knienden Frau ausbreiten durfte.

„Mmh, geil", stöhnte der Frank vor dem Fernseher dazu, fast im Chor mit der Frau auf dem Bildschirm. „Auch schon mal so gemacht?", rief er mir dann zu.

„Ja, sicher, Frank."

Kurz darauf war wohl auch der Frank vor dem Fernseher so weit gewesen. Er wischte sich die Hand an einem bereitliegenden Tuch ab, schaltete endlich zumindest den Ton des Fernsehers ab und knipste einen Deckenfluter, der neben dem Sofa stand, an. Dann zündete er sich genüsslich eine Zigarette an, ohne mir eine anzubieten. Aber ich rauche ja auch nicht. Mit noch ganz rotem Kopf fragte er schließlich: „Was führt dich eigentlich zu mir, mein Freund?"

Ich räusperte mich und nahm dann noch einen Schluck Bushmills. „Frank", begann ich dann, „kann ich mir ein bisschen Geld von dir leihen? Nur ein paar Scheine. Ich muss abhauen."

„Abhauen? *Du*?" Das war seine Reaktion. „Aber du warst doch immer hier. Gehörst doch hierher. Du und Mathilda. Ich meine, ihr gehört doch zusammen, hierher und …"

„Ja, schon … aber die Dinge liegen inzwischen ein bisschen anders, weil … Das ist schwer zu sagen." Ich merkte, dass Frank unruhig wurde. Seine Konzentration ließ wieder nach.

Sein Blick wanderte zwischen dem Bildschirm, auf dem jetzt ein anderes Pärchen zugange war, und einer Wanduhr schräg über dem Fernseher hin und her.

„Der ist auch gar nicht schlecht, der Typ", meinte er anerkennend und wies auf den Bildschirm. Seine rechte Hand war währenddessen wieder zwischen seine Beine gewandert. „Gute Körperbeherrschung hat er", ergänzte er anerkennend.

„Mathilda ist tot", sagte ich dann leise. Erst dachte ich, er hätte mich gar nicht gehört, denn er starrte weiter auf den Bildschirm und bewegte seine Hand im Schritt mechanisch auf und ab. Doch dann wandte er sich kurz zu mir und sagte: „Das ist scheiße, Mann!" Dann zuckte er die Schultern, blickte wieder zum Fernseher und kommentierte: „Geil, Mann. Mach's ihr richtig, der geilen Alten!"

Ich weiß nicht mehr, wie ich Frank, meinen besten Freund, dann ansah. Anders als jemals zuvor, vielleicht, aber wie genau? Wie gesagt, ich weiß es nicht mehr und er bemerkte meinen Blick nicht. Vielleicht war es besser so.

„Ja … scheiße", gab ich ihm recht, räusperte mich und versuchte es trotz eines Kratzens im Hals, das auch nach dem nächsten Schluck aus der Flasche nicht weggehen wollte, noch einmal. „Ja, scheiße. Aber deswegen muss ich ja auch abhauen und brauche dringend ein bisschen Kohle von dir, frag bitte nicht nach Einzelheiten." Aber diese Bitte erwies sich ohnehin als unbegründet, denn Frank starrte weiter anerkennend nickend auf den Fernseher.

Kurz darauf sagte er, ohne mich dabei anzusehen: „Ich habe so gut wie gar kein Geld im Haus. Ist mein erster Dreh diesen Monat. Deswegen muss ich auch hundertprozentig fit sein, muss auch bald los", setzte er noch hinzu.

„Schon klar, Frank", sagte ich und ich weiß nicht mehr, ob nur Bitterkeit oder auch Enttäuschung in meiner Stimme lag. Vielleicht war mir mein bester Freund in diesem Moment auch nur schrecklich gleichgültig. Eigentlich schlimm, oder? Meine linke Hand legte sich auf den Koffer, der dicht neben dem Sessel stand. „Wie viel hast du denn da?", fragte ich dann doch noch. Frank stand auf und kramte in einer Schublade des Schreibtisches, der an der hinteren Wand des Wohnraumes stand. Kurz darauf kam er mit einem Geldschein in der Hand zurück.

„Zehn Euro", sagte er und sah dabei etwas geknickt aus, jedenfalls schien mir das so.

„Kann ich die haben?", fragte ich schnell, als ich merkte, dass Franks Aufmerksamkeit schon wieder Richtung Fernseher und Uhr abschweifte. Ich wollte auf einmal nur noch weg von ihm.

„Ja …", zögerte er, blickte noch mal auf die Uhr und reichte mir dann den zerknitterten Schein. „Klar, hier", sagte er gönnerhaft lächelnd.

Ich nahm das Geld.

„Du, ich muss dann aber echt jetzt bald los", sagte Frank dann mit einem weiteren Blick auf die Wanduhr.

„Schon klar, Frank", sagte ich schnell, nahm den Koffer in die Linke und ging schon in Richtung Tür. Er folgte mir. An der Tür drehte ich mich noch einmal um und streckte ihm meine Rechte hin. Er legte seine Linke hinein, wohl aus gutem Grund, und drückte meine Hand einmal kurz.

„Du, Tom … ich … ich meine … das alles …", begann er zu stammeln.

„Schon klar, Franky, ist halt scheiße", sagte ich, klopfte ihm auf die Schulter, öffnete die Tür und ging.

Ich stand wieder auf der Straße. Der Vollmond hatte sich inzwischen vollkommen hinter den Wolken versteckt. Zögernd ging ich los, zurück, Richtung Innenstadt. Zusätzlich zum Kratzen im Hals hatte ich jetzt ein Beißen in den Augen, aber das konnte auch am schneidenden Wind liegen, der inzwischen aufgekommen war. Mathilda? Wohin jetzt?

5

*I*ch wusste nicht wohin. War ja auch eigentlich egal, jetzt. Inzwischen war ich fast schon in der Stadt und hoffte, dass nicht gleich ein Polizeiwagen neben mir halten und mich direkt mitnehmen würde. Dringender Mordverdacht und so. Im Gehen nahm ich noch einen Schluck Whisky.

Also, versuchte ich dann zu analysieren, immer noch so gut wie kein Geld. Mit zehn Euro abhauen? Ist nicht. Reicht aber immerhin schon für etwas zu trinken. Einen Mord würden sie mir vorwerfen. Scheißbullen! Die haben doch keine Ahnung. Mord! Alibi? Ich hatte kein Alibi für die angebliche „Tatzeit". Ich verscheuchte den Gedanken an Mathilda auf dem Boden ihrer Wohnung mit einem weiteren Schluck. Alibi? Ich müsste mal unter Leute gehen und hoffen, dass es sich noch nicht bis in jede Kneipe herumgesprochen hatte, was in dieser Nacht mit Mathilda und mir geschehen war. Kneipe? Genug Geld für etwas zu trinken hatte ich ja. Der Rest war jetzt sowieso egal. Kneipe? Zu Rainer? Zu Rainer.

Der kalte Herbstwind wurde immer stärker. Die Luft roch schon nach Regen. Der Vollmond war nun gar nicht mehr zu sehen.

* * *

Rainers Kneipe hieß „Schwarzes Loch". Ich nehme mal an, das war so, weil er sich für Astronomie interessierte, oder war es Astrologie? Was weiß denn ich. Zum Glück hingen in seiner Kneipe schon lange nicht mehr Stoffplaneten von den Decken oder Sternenhimmelbanner an den Wänden. Ich weiß nicht, wie Sie das sehen, aber für so etwas interessiere ich mich überhaupt nicht und möchte beim Trinken auch nicht dadurch abgelenkt werden.

Als ich reinkam und meinen Stammplatz am Tresen direkt hinter einem großen Deckenpfeiler, der ideal zum Anlehnen war, einnahm, verriet mir die Uhr an der gegenüberliegenden Wand, dass es schon 22.15 Uhr war. Wie lange war ich jetzt bloß schon unterwegs und fort, fort von Mathilda?

„Tom, Junge, wie siehst du denn aus?", platzte Rainers tiefe und wie immer laute Stimme in meine Gedanken.

Von mir unbemerkt war er hinter der großen Theke an mich herangetreten und hatte sofort gesehen, was ich im großen Wandspiegel jetzt auch feststellte – und was mein bester Freund Frank nicht bemerkt hatte: Meine Stirn war aufgekratzt und blutverschmiert. Eine stattliche Beule hatte sich außerdem schon gebildet. Wohl noch von der Wand in der Sackgasse, in der es keine Tür gegeben hatte. Mein T-Shirt war bis hinauf zum Halsausschnitt aufgerissen und ebenso blutverschmiert. Schnell knöpfte ich meinen Mantel zu, spuckte mir in die Handfläche und verrieb die Spucke auf meiner Stirn.

„Bin draußen hingefallen. Im Stadtwald über so 'ne Scheißwurzel gestolpert."

„Ach so", machte Rainer scheinbar verständnisvoll, musterte mich aber weiterhin genau. „Willste verreisen?", fragte er dann und wies auf den Scheißkoffer, den ich noch auf den Knien hielt. Schnell stellte ich ihn links neben meinen Barhocker.

„Ach, das sind nur so 'n paar alte Sachen. Zeug halt. Mach mir doch mal 'n Bier, bitte."

„Klar doch", sagte Rainer und machte sich am anderen Ende der Theke an den Zapfhähnen zu schaffen.

Immer noch angespannt schaute ich mich um. Der recht große Hauptraum der Kneipe mit Bar, Billardtisch und Spielautomaten an den Wänden war, obwohl es ja noch nicht sehr spät war, nur sehr spärlich besetzt. An ein paar Tischen saßen mir unbekannte Leute und starrten vor sich hin oder in ihre Biergläser. Trinkergesichter zumeist. Alles egal. Zivilbullen? Eher nicht. Drei Plätze neben mir, an der Ecke des Tresens, hockte ein merkwürdiger, dürrer Typ mit wirren roten Haaren, leichenblasser Haut, vorstehendem Kopf und ebenso vorstehenden Glubschaugen. Er schien nervös zu sein, denn er zwinkerte fast pausenlos. Der Typ war wohl der hässlichste Mensch, den ich je gesehen hatte, das müssen Sie mir jetzt einfach mal so glauben. Vor ihm stand ein Glas Wasser neben einem kleinen Stapel Blätter. Beobachtete der mich etwa? Zivilbulle? Scheißparanoia! Warum sollte der mich beobachten? Außerdem, als Zivilbulle würde der viel zu sehr auffallen, so nervös wie der ist, versuchte ich mich zu beruhigen und wandte mich wieder Rainer zu, der gerade mit meinem Bier zurückkkam.

„Danke", sagte ich, als er das Glas vor mir abstellte. Ich nahm einen Schluck. „Na, nichts los heute, Rainer?", versuchte ich ein Gespräch anzufangen, um mich von anderen Gedanken abzuhalten.

„Ach, weißte ja. Unter der Woche und bei dem Scheißwetter … Aber wenn, dann kommen die meisten eh noch."

„Kommen noch?", fragte ich. „Wieso das denn?"

Statt einer Antwort wies Rainer fast verlegen lächelnd auf ein rotes Plakat neben der Theke. „Wednesday Night – Open-Mic-Night" stand da und darunter: „Beginn um 23 Uhr".

„Open-Mic?", fragte ich verständnislos. „Was soll das denn sein?"

Rainer wies in Richtung des nur wenig kleineren Hinterraums der Kneipe, der sich über einen breiten Wanddurchbruch an den Hauptraum anschloss und an dessen Ende eine kleine Bühne war, auf der ein Lautsprecher und ein einzelnes Mikrofon auf einem Ständer standen.

„Offenes Mikro", sagte er und fuhr dann fort „da darf dann jeder auf die Bühne, der irgendwas vorführen will. Singen, Reden, Dichten, so Sachen eben."

„Ach so", sagte ich „und warum?"

„Na, das ist jetzt halt grad so angesagt. Da kommen immer recht viele Leute und so."

„Aha", machte ich und blickte kurz zu dem hässlichen Typen rüber. Der studierte seine Unterlagen. „Machste mir noch 'n Bier? Schmeckt ganz gut heute."

„Klar doch", sagte Rainer und ging wieder.

Komische Sache. Offenes Mikro. So was wäre ja nichts für mich. So dichten und vortragen und so.

„Ey", hörte ich es von links neben mir. „Ey, du!"

Langsam drehte ich mich auf meinem Hocker um und sah, dass es der Rothaarige mit den Glubschaugen war, der mich auf diese freundlichste aller Arten angesprochen hatte.

„Ey, du!" Dann wieder: „Ey, du!"

Das führt zu nichts, dachte ich. „Ja bitte, mein Herr", sagte ich betont freundlich in seine Richtung.

Darauf er: „Ey! Halt's Maul, du Arsch!"

Danke fürs Gespräch. Ich drehte mich wieder weg. Auch er blieb dann ruhig.

Rainer kam mit dem Bier.

„Sag mal", fragte ich nach dem ersten Schluck, „wer ist denn der Typ mit dem ausgeprägten Wortschatz da drüben?" Ich wies dorthin, wo der rothaarige Glubscher saß.

„Pst", machte Rainer und bewegte die Hände, als würde er auf Klaviertasten drücken. „Das ist Dr. Lilienkron, der ist jeden Mittwoch hier."

„Wie?", fragte ich irritiert.

„Dr. Hans-Jürgen Lilienkron", sagte Rainer noch leiser.

„Doktor philosophiae Hans-Jürgen *von* Lilienkron", brüllte es vom Ende des Tresens. Offenbar hatte der Rothaarige alles mitgehört.

„Ja, ist schon gut, Herr Doktor", sagte Rainer unterwürfig. „Mein Freund hier hatte sich nur gefragt, wie Sie …"

„Der Penner soll sein Scheißmaul halten, Mann!", brüllte der Gelehrte mit hochrotem Kopf.

„Freut mich, Sie kennenzulernen, Herr Doktor", sagte ich verdrießlich und prostete ihm zu.

„Du Arschloch", brüllte er zurück. Seine Halsschlagader pochte, sein spitzes Kinn wies fast senkrecht nach oben und seine stahlblauen Augen wurden noch glubschiger.

Wohl um die Situation etwas zu beruhigen, schaltete sich Rainer wieder ein und sagte blumig zu uns beiden: „Herr Doktor von Lilienkron ist ein gern gesehener Gast bei unserer allwöchentlichen Mittwochabendveranstaltung, zu der er uns regelmäßig die Ehre erweist." Der Rothaarige brummte dazu nur, immer noch mit hochrotem Kopf.

„Moment", sagte ich, von einem zum anderen blickend. War mir doch egal, was der Glubscher da drüben war oder wen er vorstellte. „Du willst mir erzählen, dieser Typ trägt was auf der Bühne vor? Gedichte oder so?"

„Genau, Mann", rief der Typ trotzig, es lag aber auch ein bisschen Stolz in seiner Stimme. Wohl um diesen Eindruck zu verwischen, fügte er laut hinzu: „Du Wichser." Dann rutschte er von seinem Barhocker, klemmte sich seinen kleinen Stapel Blätter unter den Arm und ging am Billardtisch vorbei Richtung Toilette. Nicht ohne vorher noch einmal bitterböse in meine Richtung geglubscht zu haben. Mann, war der Typ hässlich!

„Jetzt mal ernsthaft", sagte ich zu Rainer, als sich die Tür zur Herrentoilette geschlossen hatte. „Das war doch 'n Scherz gerade, oder? Ich meine, dieser sprachliche Totalausfall kann doch kein Gedicht …"

„Ich hätte es ja selbst auch kaum geglaubt", sagte Rainer und stellte unaufgefordert ein neues Bier vor mir auf den Tresen. „Aber der Typ kommt seit über einem halben Jahr nur Mittwochs zur Open-Mic-Night und trägt seine selbst verfassten Gedichte vor. Na ja, schließlich ist er ja auch promivierter Germanist – oder wie das heißt."

„Warum ist er dann nicht irgendwo an einer Universität und hält Vorlesungen oder so?", fragte ich immer noch ungläubig.

„Keine Ahnung. Von seinem Doktortitel hat er mir mal erzählt, als er ein bisschen besser drauf war. Das ist er aber nur, wenn er was vorgetragen hat, mit dem er selbst zufrieden war. Die anderen beim Open-Mic lachen und buhen ihn nämlich immer aus. Die haben da richtig Spaß auf seine Kosten. Was soll ich sagen, er ist inzwischen eine Attraktion für sich und viele kommen mittwochs nur wegen *ihm*. Kannst es dir ja mal anschauen. In zwanzig Minuten geht's los", sagte Rainer und wies auf die Uhr an der Wand. Dann ging er wieder zu seinen Zapfhähnen.

Von mir unbemerkt war es voller im „Schwarzen Loch" geworden. Die meisten Leute, die hereinkamen, bestellten ihr Getränk an der Theke und gingen dann direkt in das große Hinterzimmer, um sich einen der etwa dreißig Stühle vor der Bühne zu sichern. Der Rothaarige kam jetzt wieder von der Toilette. Sein Ausdruck hatte sich verändert. Mit gespanntem Gesicht und kerzengerader Haltung ging er gemessenen Schrittes ins Hinterzimmer und setzte sich dort ganz nach vorne in die erste Stuhlreihe, seine Papiere fest an sich gedrückt. Währenddessen baute jemand, der wohl so etwas wie den Moderator des Abends machen würde, einen Klapptisch links neben der Bühne auf. Er begrüßte viele der Gäste mit Handschlag und unterhielt sich mit ihnen. Mit dem stummen Glubscher in der ersten Reihe sprach niemand.

Mir wurde das Treiben um mich herum zu viel. Wenn jetzt ein Zivilbulle unter den Neuankömmlingen war, der nur nach mir suchte?

„Rainer, zahlen, bitte", rief ich deshalb schnell in Richtung der Zapfhähne.

Rainer kam und rechnete: „Drei Große macht für dich 9,60 €."

„Stimmt so", seufzte ich und reichte ihm Franks Zehner. Dann nahm ich den Koffer mit der linken Hand auf und ging.

Ich stand wieder auf der Straße. Langsam ging ich los. Wohin jetzt? Kein Geld mehr, noch nicht einmal für etwas zu trinken. Ich blieb stehen, nahm erst mal einen Schluck aus meiner Flasche und ging dann langsam weiter, diesmal wirklich Richtung Stadtwald, der am Ende der stetig ansteigenden Straße begann. Es war kalt in dieser Nacht.

6

*E*in eisiger Wind, der durch die eng zusammenstehenden Häuserreihen noch verstärkt wurde, zog mit mir die Straße hinauf. Ich ging langsam, wie ein Betrunkener eben so geht, der eben noch geradeaus gehen kann, ohne zu schwanken. Aber sollte ein Betrunkener, der sich auf der Flucht befindet und dessen Frau am anderen Ende der Stadt tot mit seinem Dolch in der Brust auf dem Boden ihrer Wohnung liegt, nicht etwas schneller gehen? Laufen? Rennen? Mathilda! Ich ging langsam weiter.

Frank hatte mir kein Geld gegeben, nun ja, eigentlich schon, aber das bisschen war jetzt bei Rainer. Warum sollte ich noch rennen? Ohne Geld in der Tasche? Aber rennen, fliehen sollte ich eigentlich schon, dachte ich und ging langsam weiter.

Da ich, wie gesagt, auch wegen der Steigung nur langsam vorankam – warum wollte ich eigentlich noch in den Stadtpark, hm, eigentlich auch egal – hatte ich viel Zeit, die Fassaden der Häuser anzusehen, an denen ich vorbeikam. Sie überboten sich, das war auch im schwachen Licht der vereinzelt stehenden Straßenlaternen gut zu sehen, in ihrer Hässlichkeit. Vor einem ganz besonders hässlichen Exemplar, von dem der Außenputz abbröckelte und mehrere Kabel an den verwitterten Wänden lose herunterbaumelten und das eine verrostete Plakette mit der Nummer 54 trug, blieb ich stehen. Fragen Sie mich nicht, warum. Vielleicht war mir genau vor diesem abbruchreifen Haus die Puste vom stetigen Bergangehen ausgegangen, vielleicht machten die Müllsäcke, die sich auf dem Gehweg vor dem Haus stapelten, ein Weiterkommen schlicht unmöglich, vielleicht blieb ich auch stehen, weil meine Mutter in diesem Haus wohnte.

Ich weiß nicht mehr, was mich dazu brachte, näher an das Haus heranzutreten, das nun vor mir im Halbdunkel stand und alt und grau auf mich herabblickte. Ich stand im Hauseingang. Hier zog es schon nicht mehr ganz so stark. Ich nahm einen Schluck aus meiner Flasche. Vor mir leuchtete ein einzelnes rotes Lämpchen ganz schwach in die Nacht hinaus. Ich drückte mit dem rechten Zeigefinger darauf. Durch die milchigen Glaseinfassungen in der schiefen Haustür sah ich, wie ein Licht im Treppenhaus anging. Außerdem eine kleine Lampe über den Klingelknöpfen und -schildern, die sich direkt vor mir befanden. So alt, vermodert und windschief das gesamte Haus auch war, die Klingelkonsole direkt vor mir musste brandneu sein. Auf blankpoliertem silbernem Grund waren die Namen der einzelnen Mietparteien in zwei senkrechten Kolonnen angeordnet. Direkt darüber war das rote Lämpchen, das ausgegangen war, nachdem ich daraufgedrückt hatte. Direkt rechts daneben war eine kleine gepunktete Fläche in der silbernen Klingelkonsole. Wahrscheinlich der Lautsprecher einer Gegensprechanlage oder so was.

Was wollte ich hier? Warum war ich stehen geblieben? Ich wusste es nicht genau. Doch, Geld brauchte ich. Meine Mutter, also die Frau, die mich mal geboren hatte und mit der ich seit über zwei Jahren nicht gesprochen hatte, die mir fremder war als jede Frau, der ich jemals auf dem Bahnsteig die Geldbörse aus der Tasche gezogen hatte, und die in diesem Haus wohnte, warum sollte sie mir Geld geben, warum sollte sie auch nur mit mir reden wollen? Nur weil ich ihr einziger Sohn war? Ich suchte und fand meinen Namen, der auch der Name meiner Mutter war und doch so sehr an einen angeblichen Franzosen erinnerte, der angeblich mein Vater gewesen sein sollte und den ich nie kennengelernt hatte. Ich drückte auf das weißunterlegte Klingelschild. Meine Mutter wohnte im dritten Stock, das wusste ich noch von meinem letzten Besuch, dem ersten und einzigen Besuch zusammen mit Mathilda bei ihr. Vier oder fünf Jahre musste das jetzt her sein. Es war kein guter Tag gewesen, damals, das können Sie mir glauben.

Im Haus war alles ruhig. Ich klingelte noch einmal. Dann noch mal. Keine Antwort. Fast wollte ich schon wieder fortschleichen, als ich ein Knacken aus der gepunkteten Fläche auf der Klingelkonsole hörte. Dann eine Stimme: „Ja …"

Es war die Stimme meiner Mutter. Schwach, müde, gereizt, desinteressiert, all das auf einmal.

Ich lehnte mich den Klingeln entgegen. Niemals würde diese Frau mir Geld geben! „Mutter, ich bin's", sagte ich mit dem Gesicht direkt vor der gepunkteten Fläche, viel zu laut, viel zu heiser und viel zu lallend, wie ich selbst feststellte.

„Schrei doch nicht so", kam es postwendend zurück. Immerhin hatte sie mich an der Stimme erkannt.

„Mutter, ich bin's", sagte ich noch mal leiser, nachdem ich mich geräuspert hatte. „Kannst du mich reinlassen, bitte?"

„Was willst du?", fragte die Stimme zurück.

„Na ja, zunächst mal rein", brummte ich, zugegeben ziemlich frech für jemanden, der nachts läutet und sich Geld leihen möchte, um abzuhauen. „Es ist saukalt hier draußen", schob ich deswegen erklärend nach.

„So", hörte ich die blecherne Stimme aus der Sprechanlage. „Das geht jetzt nicht."

„Mutter, es ist dringend, wirklich. Ich ... ich brauche dringend Geld."

„Ha!", machte die Stimme.

„Wenn du mir aufmachst, kann ich dir alles erklären, wirklich ..."

„Das geht jetzt nicht", sagte die Stimme entschieden. Ich glaubte, das diesen Satz begleitende Kopfschütteln fast durch die Sprechanlage zu hören, aber das ist ja Blödsinn. Im Hintergrund hörte ich dann ein seltsames Quäken, das ich nicht richtig einordnen konnte, das aber langsam lauter wurde.

„Okay, warum geht das jetzt nicht?", fragte ich, langsam die Geduld verlierend, zurück.

„Erstens", hörte ich, dann gab es eine kurze Pause, „warte ...", hörte ich, dann ein schmatzendes Geräusch in der Sprechanlage, dann Stille.

Was sollte das denn jetzt? Ich stand in dem dunklen Hauseingang und wartete. Ich drückte auf das rote Lämpchen, das wieder über der Konsole angegangen war, eben in dem Moment, als im Hausflur das Deckenlicht ausging. Ich nahm noch einen Schluck aus der Flasche und blickte in die Nacht hinaus. Der Wind war stärker geworden. Mir war kalt. Ich klappte den Mantelkragen mit der Rechten hoch, mit der Linken hielt ich Mathildas Koffer. In der Leitung knackte es.

Ich hörte das Quäken von vorhin, jetzt jedoch ganz nah, und realisierte, dass es das Schreien eines Babys war. Hatte sich da jemand aus einer anderen Wohnung in die Leitung geschmuggelt? „Hallo, hallo, Mutter, hallo", rief ich.

Dann hörte ich neben dem schreienden Baby wieder die Stimme meiner Mutter: „Erstens, kommt Dieter gleich von der Schicht nach Hause ..."

„Und?", fragte ich dazwischen. Dieter war der Geliebte meiner Mutter, Lebensgefährte, würden Sie wohl sagen, schon seit mehreren Jahren. Ich hatte ihn einmal kennengelernt und mochte ihn nicht. Er war ungefähr so alt wie ich, was die Sache nicht besser machte.

„Zweitens hast du mit deiner Schellerei hier mitten in der Nacht den Kleinen aufgeweckt." Wie zum Beweis schrie das Baby jetzt richtig laut.

„Welchen Kleinen?", fragte ich.

„Welchen Kleinen?", äffte sie mich nach. „Na, den, der jetzt hier schreit und bestimmt in den nächsten zwei Stunden nicht wieder einschlafen will." Das Quäken war wieder etwas leiser geworden.

„Was macht ein Baby bei dir?", fragte ich verwirrt. „Verdienst du dir was als Babysitterin dazu?"

„Das ist Torben, mein Sohn", sagte meine Mutter.

Ich sagte erst mal nichts. Das Quäken aus der Sprechanlage war in ein leises Wimmern übergegangen. Meine Stirn sank nach vorne gegen die Wand oberhalb der Klingelkonsole, wahrscheinlich war ich doch schon ziemlich betrunken. „Du hast einen Sohn?", fragte ich meine Mutter dann.

„Wieso nicht?", kam es provozierend zurück.

„Mutter, du bist einundfünfzig", war das Einzige, was mir darauf einfiel.

„Na und? Dieter und ich wollten immer schon ein Kind. Ist doch nichts dabei, oder?"

„Ja, sicher", sagte ich leise. Nichts dabei.

„Also …", kam es dann ungeduldig durch die Sprechanlage.

„Also was?", fragte ich tonlos. Hinter meinen Augen brannte es.

„Also, was willst du?", fragte sie.

Hatte ich das nicht schon gesagt? Egal: „Mutter, ich … du … ich brauche etwas Geld, ich muss abhauen", sagte ich dann doch noch, obwohl ich mich eigentlich nur noch umdrehen und wegrennen wollte. Schnell und weit weg von hier, von der Stimme, von dem Haus und von dem Baby, das jetzt wieder lauter in die Sprechanlage quäkte.

„Ich hab kein Geld", kam es kalt zurück. Und als ob diese Information nicht schon gereicht hätte, ergänzte sie noch: „Von mir würdest du eh nichts kriegen. Lässt dich die ganzen Jahre nicht blicken und kommst dann hier mitten in der Nacht vorbeigeschlichen, wie irgend so ein dahergelaufener Penner, weckst meinen Kleinen auf und willst mich nur anpumpen. Was denkst du dir eigentlich?"

Gute Frage. Was hatte ich mir dabei gedacht, hier zu klingeln?

„Wahrscheinlich ist dir nur der Alkohol ausgegangen. Du bist doch schon wieder total besoffen, das hör ich doch."

„Nein, Mutter, es ist … bitte, Mutter, mach doch mal auf dann kann ich dir erklären …", versuchte ich es noch einmal Warum drehte ich mich nicht einfach um und ging?

„Erklären, erklären?", keifte sie. „Entweder du willst was zu saufen oder du pumpst mich wegen Geld an. Für deine kleine Hure wahrscheinlich."

„Mutter", antwortete ich darauf mit blecherner Stimme. „Mutter, Mathilda ist tot."

Dann drehte ich mich endlich um und ging, so schnell ich konnte, die Straße weiter bergauf. Die Sprechanlage blieb stumm, niemand rief mir hinterher. Aus den Augenwinkeln hatte ich noch gesehen, dass das Licht im Treppenhaus ausgegangen war und das kleine rote Lämpchen auf der Klingelkonsole wieder leuchtete.

7

*D*er Wind hatte nachgelassen. Dafür fielen schon nach wenigen weiteren Schritten die ersten Regentropfen. Der Mond war schon lange nicht mehr zu sehen. Auch keine Sterne. Außerhalb der Innenstadt, die nun hell erleuchtet unter mir lag, war es stockdunkel. Der Regen wurde schnell stärker. Nach kurzer Zeit war ich völlig durchnässt. Das Wasser stand in meinen Schuhen. „Quatsch, quatsch, quatsch" machten sie bei jedem Schritt. Ich fror. Ich schüttelte noch einmal den nassen Kopf, als ich an das eben Erlebte zurückdachte. Egal. Egal, jetzt. Nichts dabei.

Am Rande des Stadtwalds setzte ich mich auf eine Bank unter einer großen Eiche, die einigermaßen Schutz bot, und blickte in den schwarzgrauen Himmel, aus dem die Regentropfen nun wie lange Bindfäden fielen.

Mathilda hatte Regentage und Regennächte geliebt. Oft war sie, wenn es regnete, stehen geblieben, hatte das Gesicht zum Himmel gewandt, die Arme ausgebreitet und hatte gerufen: „Als wenn der Himmel dir tausend und tausend kleine Küsse runterschickt."

„Du bist ja betrunken", hatte ich dann meistens nur müde gemeint. Meistens hatte es auch gestimmt.

Oder sie hatte neben mir im Bett gelegen und im Rhythmus der Regentropfen mit den Fingern auf meinen Rücken getrommelt, so lange, bis ich mich weggedreht hatte. Mathilda …

Wie in einem von diesen Kaleidoskop-Dingern rotierten Bilder, Bilderfetzen, Bildkristalle von ihr vor meinem geistigen Auge. Mathilda im Regen tanzend war eines davon, Mathilda im rot gepunkteten Kleid auf einer Sommerwiese liegend war ein anderes, Mathilda im dicken Schneemantel hier im winterlichen Stadtwald mit rot gefrorener Nase war noch eines und Mathilda mit dem Dolch in der Brust, tot und für immer fort, auf dem Boden ihres roten Zimmers war das *eine*, das alle anderen verschwommenen immer wieder einholte, vor sie rotierte, sich vollends zusammensetzte und gestochen scharf vor mir stehen blieb.

Wie lange saß ich jetzt schon auf dieser Scheißbank? Ich hatte keine Uhr, nie eine besessen. Na ja, stimmt nicht ganz, aber die Uhren, die ich in Bus, Bahn oder auf den Straßen an mich nahm, verkaufte ich ja immer sehr bald wieder. Erst mal einen Schluck! Meine linke Hand war steif gefroren, sie hatte die ganze Zeit, in der ich dort saß, den Scheißkoffer festgehalten. Aber ich umklammerte weiter den Griff. Eiskalte Hand? Das war jetzt auch egal. Lieber noch einen Schluck.

Aber ich musste ja weg. Musste nicht nur von der Bank weg, sondern auch ganz weg aus der Stadt und so. Fliehen eben. Aber wohin? Aber wovon? Das Geld von Frank war ja weg, bei Rainer. Hätte aber ohnehin nicht gereicht.

Ich versuchte zu überlegen: Wen gab es hier in dieser Scheißstadt außer Frank, der Geld hatte und vor allem, der einem wie mir Geld leihen würde, damit ich abhauen konnte, um nicht im Knast zu enden? Bloß nicht im Knast enden! War das nicht auch Mathildas Wunsch gewesen? Ihr letzter Wille, sozusagen? War es nicht so? „Ein Leben im Knast, das gibt es nicht", hatte sie früher häufig gesagt. „Es gibt nur Leben oder Knast. Knast ist schlimmer als Tod!"

Deshalb brauchte ich ja auch Geld. Um Mathildas Willen zu erfüllen. Wer aber würde mir und Mathilda Geld leihen? Ich versuchte, nicht mehr an die Mutter aus der Gegensprechanlage zu denken. Also, wer? Samantha? Nein, bestimmt nicht. Noch ein Schluck.

Samantha? Nein, die nicht. War jetzt auch egal. Samantha. Schwerfällig stand ich von der Bank auf und setzte mich wieder in Bewegung.

8

Sie werden jetzt bestimmt denken: der Idiot! Warum nimmt er sich das Geld nicht einfach irgendwo von irgendwem, wenn er so ein guter Taschendieb ist?

Also, zunächst mal bin ich ja so gut wie gar nichts. Noch nicht mal ein besonders guter Taschendieb, der sich am Tag Hunderte von Euros zusammenstehlen kann. Sonst wäre ich wahrscheinlich auch nicht so häufig pleite. Außerdem braucht ein Taschendieb vor allem eines: Hände. Geschickte und schnelle Hände. Ich aber war besoffen. Und meine Hände waren auch besoffen. Und blau gefroren. Zwar nicht so, dass ich nicht mehr sprechen und gehen konnte, aber garantiert viel zu tranig, um auch nur einem verkalkten Opa fünfzig Cent aus der Manteltasche zu ziehen.

Samantha war Mathildas Schwester. Sie sprachen nicht miteinander. Schon lange nicht mehr. Warum, weiß ich nicht. Sie sprachen nicht miteinander und sie sahen sich nie, obwohl sie in derselben Stadt lebten. Gelebt hatten.

Samantha ist Tänzerin. „Exotische" Tänzerin, wie feinere Leute vielleicht sagen würden. Das heißt, sie tanzt zu beschissener Musik und zieht sich dabei für beschissene Typen aus. Ich hatte ihr vor dieser Nacht manchmal dabei zugesehen, heimlich, wie fast alle Typen, die ihr da zusahen. Einfach nur so, ohne Hintergedanken. Manchmal eben, wenn Mathilda Herrenbesuch hatte. Samantha mochte mich nicht besonders, aber wir sprachen immerhin miteinander. Manchmal. Mathilda hätte das bestimmt nicht in Ordnung gefunden.

Der Club, wo Samantha Tänzerin ist, heißt „Striptease". Passend, nicht wahr? Die erste Show des Abends war anscheinend schon zu Ende, als ich dort ankam. Im Vorraum standen zwei Tänzerinnen, denen ich auch schon mal zugeschaut hatte und die ihre Auftritte offenbar schon hinter sich hatten. Abgeschminkt und in ihren dicken Wintermänteln standen sie da, rauchten und glotzten in den strömenden Regen, durch den ich auf sie zukam. Beim Näherkommen konnte ich die Falten in ihren Gesichtern sehen. Sie sahen alt aus. Alt und müde.

„Hallo, Mandy", sagte ich vorsichtig zu der einen von ihnen, der ich letzte Woche erst zugeschaut hatte. Sie hatte ihren schwarzen Kurzhaarschnitt, versehen mit einer hässlichen violetten Strähne, wie immer unter Zuhilfenahme von Unmengen Gel und Spray an ihren kleinen Kopf geklebt. Selbstverständlich erkannte sie mich nicht.

„Kennen wir uns?", fragte sie barsch.

„Nein, doch … das heißt", stammelte ich. Der Whisky forderte langsam wohl wirklich seinen Tribut.

„Hast du gesoffen?", fragte sie halb angewidert, halb belustigt und tat einen halben Schritt an mich heran. Immerhin hatte sie mich jetzt wohl doch erkannt. Oder? War ja auch egal.

„Mann, siehst du scheiße aus", sagte sie mit einem kühlen Lächeln.

„Ja, sicher", sagte ich – und fand mein äußeres Erscheinungsbild in dieser Nacht durchaus den Umständen angemessen. Mathilda! Mathilda war ja weg.

„Boah, und du stinkst!", rief Mandy jetzt angewidert aus und trat wieder zurück. Diesmal einen ganzen Schritt. Die Andere, Kleinere stand nur daneben, glotzte hämisch grinsend und rauchte dabei. „Also, zahl und geh rein oder hau gefälligst ab, du Penner", sagte Mandy jetzt und stemmte die Hände in die Hüften.

„Ja, es ist nur … ist Samantha heute Abend da?"

„Was willste denn von der?", mischte sich jetzt doch die Andere ein.

„Ich muss dringend mit ihr sprechen", gab ich zur Antwort.

Das hätte ich lieber nicht sagen sollen. Beide Tänzerinnen und der fette Kerl mit dem Mondgesicht, der für Kasse und Garderobe zuständig war und der bis dahin nur stumm hinter seiner Theke gehockt hatte, begannen schallend zu lachen.

„Dringend mit ihr sprechen", äffte der Fettsack mich nach. „Zieh 'ne Nummer, du perverser Wichser."

Das bringt so nichts, dachte ich, während die drei noch immer lachten. „Also?", fragte ich.

„Also, was?", sagte Mandy, jetzt wieder betont unfreundlich.

„Ist Samantha jetzt da oder nicht? Ich muss wirklich mit ihr reden. Wir sind … verwandt", schob ich dann nach. Na ja, beinahe gewesen, wäre vielleicht korrekter. Auf jeden Fall sorgte ich wieder für allgemeines Gelächter.

„Verwandte", riefen die drei lachend im Chor.

„Wie süß, bist du ihr Brüderchen?", fragte die Andere besonders geistreich.

„Ja, so was in der Richtung, eher ihr Schwager. Ist sie also da oder nicht?"

Wieder lachten alle drei, wohl über den Ausdruck Schwager, das weiß ich aber nicht mehr so genau.

„Ist da", gab die Kleine dann überraschend Auskunft. „Macht sich fertig für die Mitternachtsshow. In ihrer Garderobe."

„Zeig ihm doch, wo's da langgeht, Sandy", mischte sich jetzt auch Mandy wieder gehässig ein. „Dann kann der Herr *Schwager* der lieben Samantha auch gleich etwas zur Hand gehen, da steht sie bestimmt drauf." Wieder lachten alle drei. Ich stand nur da und blickte müde und verwirrt von einem Gesicht zum anderen.

Als sie sich wieder beruhigt hatten, tippte die Andere mich an und sagte: „Na, dann komm mal mit mir mit, Schwager."

Ich ging ihr nach.

„Aber zieh du nicht mit dem Kerl ab", rief Mandy uns nach. „Ich will heute mal pünktlich nach Hause kommen, hörst du."

Der Dicke von der Kasse grinste uns nur dämlich hinterher.

* * *

Das „Striptease" war, wohl wegen des Wetters und der Tatsache, dass morgen ein Arbeitstag war, fast menschenleer. Nur direkt vor der Bühne saßen ein paar gelangweilte Typen auf ihren wackligen Holzstühlen. Auf der Bühne zog sich zu einer Musik, die auch gut in Franks Wohnung gepasst hätte, gerade eine schon etwas in die Jahre gekommene Dame aus. „I'm a nasty girl", kam es zu nervtötender Musik immer wieder aus den Lautsprechern. Als wir vorbeigingen, beugte sich die Tänzerin gerade nach vorne, den drei Typen entgegen und wackelte mit den kurz zuvor entblößten Brüsten. Im Licht der Scheinwerfer sah ich die Falten an ihrem Hals.

Als ich der Kleinen an der Bühne vorbei und durch eine Tür, auf der PRIVAT – KEIN ZUTRITT stand, gefolgt war, wurde es wieder leiser.

„Wann beginnt denn Samanthas Show?", fragte ich sie von hinten.

Sie kicherte und sagte, ohne sich umzudrehen: „Na, um Mitternacht, du Dödel. Haste doch draußen gehört." Sie kicherte weiter.

Rasend komisch! „Ja, schon klar, aber wie spät ist es denn jetzt?", fragte ich genervt.

Sie blickte auf ihre kleine goldene Armbanduhr. „Fünf vor halb zwölf."

„Und bei was soll ich Samantha zur Hand gehen", fragte ich sie.

Die Andere kicherte nur. „Das werden Sie schon sehen, Herr Schwager."

Dann standen wir vor einer kleinen grauen Tür, an der kein Schild befestigt war. Hier auf dem Gang war es fast so kalt und zugig wie draußen im Regen. Die Kleine klopfte an, wartete nicht auf Antwort, sondern steckte direkt den Kopf zur Tür rein: „Samantha, du hast Herrenbesuch. Ein naher Verwandter", kicherte sie und ich hätte sie erwürgen können.

Ich konnte nicht verstehen, was Samantha antwortete, sehr freundlich klang es nicht. War ja auch egal. Ich wollte nur etwas Geld von ihr und dann schnell wieder hier abhauen.

Die Kleine öffnete die Tür für mich und machte Platz. „Bitte einzutreten, Herr Schwager", rief sie fröhlich, verzog dann aber das Gesicht, als ich an ihr vorbeiging. Wahrscheinlich stank ich doch schon ziemlich. Zusätzlich zum Alkoholgeruch war ich garantiert im Stadtwald in irgendeinen der zahllosen Hundehaufen getreten und verströmte jetzt einen besonders angenehmen Geruch. Mir war's egal. Trotzdem gab sie mir einen kleinen Klaps auf den Hintern, als ich schon fast an ihr vorbei war. Ich zuckte zusammen. Mehr als bei einem solchen Klaps nötig gewesen wäre.

Mit rotem Kopf blickte ich die Andere noch mal an. „Ja, ja, schon gut", stammelte ich. „Danke fürs Herbringen."

Sie kicherte nur und knallte dann die Tür zu.

„Wer stört mich denn?", rief es genervt aus dem hinteren Teil des Raumes, der mit einem schweren dunkelblauen Samtvorhang von dem winzigen Vorraum abgeteilt war und im Gegensatz zu diesem durch eine große Deckenlampe hell erleuchtet war.

„Samantha, ich bin's, Tom", rief ich durch den Vorhang.

„Ach, du", hörte ich sie sagen. Es klang weder enttäuscht noch böse, einfach nur desinteressiert. „Na, dann komm doch rein. Ich bereite mich gerade auf meinen Auftritt vor. Stört dich ja sicher nicht."

Ich schob den Vorhang zur Seite. Dahinter lag der eigentliche Garderobenraum ausgestattet mit einem rollbaren Kleiderständer, auf dem einige „exotische" Kostüme für „exotische" Tänzerinnen hingen, einer breiten Schminkkommode mit Spiegel, auf der neben unzähligen Schminkutensilien auch ein schwarz-blaues Chiffon-Kostüm samt Federboa lag. Wohl der Fetzen, den Samantha nachher bei ihrem Auftritt tragen beziehungsweise ablegen würde. Sonst waren in dem kleinen Raum nur noch eine Holzkiste, die wohl mal Obst oder etwas Ähnliches enthalten hatte, und ein großer Armstuhl mit nach hinten verstellbarer Rückenlehne.

49

In diesem Armstuhl saß, den Oberkörper nach hinten gelehnt, Samantha. Sie hatte die Beine weit gespreizt und auf Höhe der Kniekehlen über die Armlehnen gelegt. Sie war nackt und rasierte sich zwischen den Beinen. Ihr dunkelblauer Seidenbademantel bedeckte nur noch ihre Schultern. Sie war mir zugewandt, so dass ich sofort beim Eintreten viel mehr von ihr zu sehen bekam, als ich gewollt hatte.

„Ich …", begann ich zu stammeln und schaute, statt weiterzusprechen, schnell nach einem Sitzmöbel, wählte – aus Ermangelung an Alternativen – die Holzkiste in der Ecke, stellte Mathildas Koffer links neben mich und nahm erst mal einen kräftigen Schluck aus meiner Flasche.

Samantha blickte kaum auf. Ich schaffte es, meinen Blick von ihren so weit geöffneten Schenkeln abzulenken und schaute stattdessen auf ihre Schminksachen im Hintergrund. Mann, das hatte ich nicht kommen sehen! Obwohl in der Garderobe vom „Striptease" sollte man auf so was …

„Scheiß Detlef", unterbrach mich Samantha dann. Sie tauchte ihren Nassrasierer in eine kleine Schüssel mit Wasser, die auf der Schminkkommode neben ihr stand. „Scheißwichser", wiederholte sie, bevor sie sich wieder vornübergebeugt im Armstuhl der Rasur ihres Intimbereichs widmete.

„Ähh, wie?", fragte ich hilflos und starrte weiter angestrengt zur Seite.

„Detlef, mein Chef, der Wichser", sagte sie ärgerlich und sah kurz zu mir auf. „Wegen ihm muss ich schon wieder enthaaren. Angeblich hat sich so 'n perverser Stammkunden-Sack aus der ersten Reihe nach der Show gestern Abend beschwert, dass man bei mir Haare sehen könnte. Scheiße, Mann! Ich hab' halt ziemlich dunkle Haare und sobald die Muschi auch nur einen kleinen dunklen Schatten zeigt, rennt so 'n perverser Wichser gleich zu Detlef, dem Schwanzlutscher, und scheißt mich da an! Und jetzt sitz ich hier und rasier die scheiß paar

Härchen ab und später krieg ich dann wieder Ausschlag um die Möse rum!"

„Ach so", sagte ich.

Sie hatte recht. Sie hatte dunklere Haare als Mathilda, außerdem dunkelbraune und nicht grüne Augen. Auch ihre Brüste waren größer, wie ich schon bei ihren Auftritten häufiger hatte feststellen können. Ihre Gesichter waren ähnlich, nur ihres war strenger und vielleicht noch etwas blasser als Mathildas. Mathilda? Ich nahm noch einen Schluck.

„Und?", fragte sie auffordernd, „bist du nur gekommen, um einen gratis Blick zu kriegen, oder was?"

„Ja, ich ... nein ... das ist etwas schwierig ..."

„Wie? Schwierig? Bist du hergekommen, um mich anzuglotzen oder nicht? Ich meine, scheiße, du kannst doch Mathildas Fotze den ganzen Tag anglotzen, wenn du willst, oder? Ach, du Kacke!" Aus den Augenwinkeln sah ich, wie sie ihre Rasur unterbrach und zu mir aufschaute. „Du willst mich doch nicht ficken, oder? Ich muss erst arbeiten."

„Nein, nein ... das ist es nicht. Ganz sicher", sagte ich „das Problem ist ..."

„Ach, du Scheiße", rief sie dazwischen. Sie hatte fortgesetzt, sich zu rasieren und schmunzelte jetzt. „Mein liebes Frollein Schwester lässt dich nicht mehr ran und jetzt ...!"

„Nein, Samantha, es ist ...", unterbrach ich sie.

„Oh, Gott", sie blickte wieder auf, „willst du sagen, sie hat dich noch *nie* rangelassen?"

Ich schluckte diese letzte Bemerkung, ohne etwas darauf zu antworten, holte tief Luft und sagte dann schnell: „Samantha! Mathilda ist tot."

„Ach", gab sie zur Antwort und fuhr fort, sich zu rasieren.

Ach? Nichts weiter. Einfach nur: Ach. Frank hatte immerhin noch etwas wie „das ist scheiße" hinbekommen. Von

Samantha bekam Mathilda ein Ach! Ich wusste nicht, was ich sagen sollte, saß da und starrte weiter an Mathildas Schwester vorbei, um ihr nicht zwischen die Beine schauen zu müssen, und wusste nicht, was ich sagen sollte. Ich wusste es nicht. Also blieb ich stumm. Ich nahm noch einen Schluck. Ach? Scheiße!

Ich schluckte meinen Zorn nur mühsam runter. Ich begann zu zittern, obwohl es in der Garderobe recht warm war. Mit belegter Stimme fuhr ich dann fort: „Ja, Mathilda ist tot … und ich muss abhauen … Frag mich bitte nicht, warum, ich muss weg. Kannst du mir etwas Geld leihen? Zum Abhauen."

Samantha hatte mir nur halb zugehört. Sie war aufgestanden und hatte etwas aus einer Schublade der großen Kommode geholt. Dann schaute sie auf eine Uhr an der Wand über der Kommode und sagte: „Soso …" Und dann: „So, noch fünfundzwanzig Minuten, dann muss ich raus." Und dann: „Jetzt kommt der Teil, der wirklich wehtut, scheiße!" Sie setzte sich wieder in ihren Stuhl, nahm die alte Position wieder ein und klebte einen von diesen Kaltwachsstreifen dorthin, wo sich wohl immer noch ein paar Härchen gehalten hatten, die beim Auftritt die zahlende Kundschaft verärgern könnten.

Ich schaute Mathildas Schwester nach wie vor nicht an. Ich glaube, es war besser so. Sonst wäre ich aufgesprungen und hätte sie umgebracht, glaube ich. Ich schaute stattdessen zwischen Schminkkommode und Wanduhr hin und her. Hektik ergriff mich. Das Zittern wurde stärker. Ich musste hier raus! „Was ist denn jetzt?", fragte ich schnell.

„Wie, was ist denn jetzt? AU! Scheiße!", schrie Samantha und ließ den ersten gebrauchten Streifen einfach neben sich auf den Boden fallen. „Kuck dir den Mist an! Schon geht der verfickte Ausschlag wieder los! Scheiße!", rief sie zornig und betrachtete ihren enthaarten Bereich von oben.

„Ich meine wegen dem Geld", versuchte ich es noch einmal. „Ich brauche dringend was. Mathilda und ich ...", sagte ich dann idiotischerweise noch.

„Mathilda?", fragte Samantha beinahe belustigt und klebte den nächsten Streifen auf. „Ich dachte, die ist tot?" Ich schluckte. „Ja, ich meine ... ich ... ich muss abhauen und brauche ein bisschen Geld. Und ich dachte, du als ihre *Schwester* ...", versuchte ich noch einmal, an sie zu appellieren.

Sie ging gar nicht darauf ein. Ihre Stimme klang bitter und trotzdem teilnahmslos, als sie antwortete: „Geld? Geld hab ich auch keins. Aber ich werde weiterarbeiten. So leicht kriegt ihr mich nicht unter. Der Drecksladen hier soll nicht meine letzte Station gewesen sein! AU! Scheiße!" Der zweite Streifen fiel neben ihr auf den Boden. Sie angelte sich mit einer Hand einen Taschenspiegel von der Kommode, betrachtete ihr Enthaarungswerk und sagte dann nicht ohne Stolz: „Also bitte, sieht doch wieder geil aus, die Muschi. Scheiße, muss sie ja auch. Die ist die Einzige, die mir helfen kann, vernünftige Kohle zu machen und aus dem ganzen Scheiß hier rauszukommen. Verstehst du? Jetzt habe ich noch kein Geld, aber ich glaube an mich. Ich seh' doch geil aus. Je geiler ich aussehe, desto schneller komme ich aus der Scheiße hier raus, weg von den ganzen Pennern. Glaub's mir." Dann nahm sie eine Bodylotion von der Kommode und fing an, sich den enthaarten Bereich einzureiben.

Ich seufzte und schaute wieder Richtung Wanduhr. Ein letzter Versuch: „Es ist doch nur, weil ... ich ... und Mathilda?"

Samantha war fertig mit Eincremen, stand auf und blickte zur Uhr. „Ach, Mathilda, *die* ...", sie machte eine seltsame Handbewegung, so als wollte sie etwas wegwerfen. „So, zwanzig Minuten noch, dann muss ich wieder ran. Dann sieh mal zu, dass du wegkommst, ich muss mich noch schminken und anziehen." Samantha deutete auf das dunkelblaue Kostüm. Sie drehte sich zum großen Spiegel und prüfte nochmals ihre Arbeit. „Ja, jetzt ist sie wieder geil, die kleine Maus."

Ich nahm noch einen Schluck aus der Flasche. Das Kratzen im Hals war wieder da und ging auch durch Bushmills nicht weg, dafür hatte das Zittern wieder nachgelassen. Ich stand auf und nahm den Koffer.

„Schon reisefertig, was?", fragte sie und deutete darauf.

„Mmh", machte ich nur. „Tschüss, dann", sagte ich, ohne sie anzusehen. Bloß raus hier, bevor ein Unglück geschieht.

Als ich den Vorhang erreicht hatte, sagte sie: „Tom!" Ich drehte mich nicht um. „Ich wollte nur sagen", hörte ich sie hinter mir. „Du, … scheiße, also du … Ich meine, wenn du mal ficken willst, ab eins bin ich fertig für heute … umsonst natürlich."

„Nein, danke", sagte ich leise, aber bestimmt in Richtung Vorhang.

„Dann hau doch ab, du impotenter Wichser", hörte ich sie noch zischen. Dann schloss ich die Tür zu ihrer Garderobe hinter mir.

Kurz darauf stand ich wieder auf der Straße.

9

*E*s regnete noch immer in Strömen. Trotzdem ging ich nur langsam den Weg zurück, den ich gekommen war. Ich war müde. Der Zorn war wieder verflogen, das Zittern hatte trotz der Kälte aufgehört. Scheiß Samantha! Was hatte ich mir dabei bloß gedacht? Aber was hätte ich tun sollen? Und was sollte ich jetzt tun? Kein Geld zum Abhauen. Und Mathilda? Ich war so müde! Wenn ich mich jetzt irgendwo hinsetzte, würde ich garantiert nie wieder aufstehen. Dann würde ich einfach sitzen bleiben. Für immer. Und alles gut sein lassen. Ich nahm noch einen Schluck aus der Flasche. Der Whisky wärmte schon lange nicht mehr. Ich war müde und mir war kalt. Meine ohnehin noch längst nicht getrockneten Kleider wurden aufs Neue durchnässt. Ich fror. Meine Linke trug Mathildas Koffer. Meine Rechte glitt in die Manteltasche, um sich wenigstens etwas zu wärmen. In der Tasche waren noch ein paar Münzen. Ich zog sie heraus, betrachtete sie und zählte im Licht einer Straßenlaterne. Ich kam auf 3,20 €. 3,20 € und sonst nichts. Das war's. War's das? Auch egal.

3,20 €. Reichte genau für ein großes Bier. Reichte genau für ein großes Bier bei Rainer. Jetzt war eh alles egal. Die Bullen hatten bestimmt schon die halbe Stadt nach mir abgesucht und es würde ohnehin nicht mehr lange dauern, bis sie mich kriegten. Mich und Mathilda. Abhauen konnten wir ja nicht. Dann gingen wir beide in den Knast. Gewissermaßen.

Das Kratzen im Hals wurde stärker. Ich schluckte. Dann lieber was trinken. Ich schlug wieder den Weg die Hauptstraße runter zum „Schwarzen Loch" ein.

* * *

Ich hatte Ihnen doch vorhin erzählt, dass ich in dieser Nacht viel zu betrunken war, um auch nur daran denken zu können, ich könnte irgendwem Geld aus der Tasche ziehen, um vielleicht so die Flucht zu finanzieren. Nun, so war es auch. Trotzdem stahl ich in dieser Nacht etwas. Wobei, es war genau genommen kein richtiger, das heißt ernstzunehmender Diebstahl. Zumal es nicht Geld war, das ich stahl. Trotzdem tat mir dieser einzige Diebstahl in jener Nacht richtiggehend leid. Das muss man sich mal überlegen, ein Diebstahl, leidtun, und das mir! Zunächst zumindest, später war ich dann froh, dass ich es getan hatte. Obwohl die ganze Sache ja vollkommen unwichtig war, eigentlich. Mir bedeutet sie trotzdem etwas. Seltsam, nicht wahr? Auf jeden Fall passierte dieser Diebstahl so:

Das „Schwarze Loch" war kaum wiederzuerkennen. Schon vor der Tür hörte ich, wie viel drinnen los sein musste. Als ich reinkam, traute ich trotzdem kaum meinen Augen. Der Eingangsbereich des Hauptraumes war zwar so gut wie menschenleer, dafür war ab dem Thekenbereich kaum noch ein Durchkommen. Das Nichtdurchkommen bezog sich dabei auf den großen Hinterraum, in dem zuvor so viele leere Stühle gestanden hatten. Jetzt war dieser Raum brechend voll. Die Leute saßen auf den Stühlen, standen auf den Stühlen, an den Wänden, im Durchgang zum Hauptraum und stauten sich zurück bis zur Theke, standen dort auf den Zehenspitzen und Fußrasten der Barhocker, um wenigstens noch einen Blick auf die kleine Bühne des Hinterraumes zu erhaschen. Dort war die „Open-Mic-Night" in vollem Gange. Ob jemand am Mikrofon stand, konnte ich nicht sagen, die Menge der Hälserecker versperrte mir die Sicht und der Lautsprecher, an den das Mikro angeschlossen war, war so schwach, dass der Geräuschpegel der Kneipe ihn leicht übertönte. Rainer hatte wieder mal Geschäftssinn bewiesen und mir vorhin nicht zu viel versprochen.

Ich suchte ihn mit den Augen. Er stand hinter der Theke und zapfte Bier. Eines nach dem anderen, unaufhörlich, mechanisch, ohne Aufzublicken. Zwei junge Frauen, die wohl mit Eintreffen der großen Masse ihren Dienst angetreten hatten, trugen die gezapften Biere und andere Getränke auf großen Tabletts in den Hinterraum. Innerlich hatte ich mich schon darauf eingestellt, mir eines der Biere zu organisieren, es irgendwo auf einer der Bänke hinter dem Billardtisch zu trinken und dabei meinen wirren und recht trüben Gedanken nachzuhängen, Gedanken an Mathilda, an die Zivilbullen, von denen es inzwischen hier wimmeln musste und die wahrscheinlich nur auf mich gewartet hatten – seltsam, wie egal dieser Gedanke in seiner ganzen Konsequenz mir zu diesem Zeitpunkt schon war – und an die Flucht, die doch ohnehin sinnlos und unmöglich war, als ich Rainers tiefe Stimme gegen den brummenden Lärm seiner vollbesetzten Kneipe anbrüllen hörte: „Tom! … Tom! Hier! Hier is' noch 'n Platz. Tom! Hier!" Er winkte mit der rechten Hand, die linke zapfte unaufhörlich weiter.

Ich kämpfte mich zur Theke durch und setzte mich, von Rainers Gesten dorthin kommandiert, auf den letzten freien Hocker, den Rainer wohl in einer der wenigen Sekunden Pause, die auch er sich bei der Arbeit manchmal gönnte, gerade eben erst hinter der Theke hervorgezaubert haben musste. Dieser Hocker stand nun direkt vor jenem Meter des Tresens, der auf einer aufgenagelten Metallplakette die Worte „Servicebereich – Unbedingt freihalten!" trug. Hier wurde ich ab der Sekunde, in der ich unsicher Platz genommen hatte, nicht nur von den, sich fast mit Schallgeschwindigkeit hin und her bewegenden, Bedienungskräften, sondern auch von den umstehenden oder herankommenden Kneipengästen gestoßen, gerempelt oder zu sonstigen unfreiwilligen Annäherungen genötigt. Fast erschrocken blickte ich Rainer an, der mir gerade ungefragt eines der Biergläser, die er schon befüllt hatte, hinstellte. „Sorry, Tom, Open-Mic-Night! Hab's dir ja gesagt. Das muss für jetzt mal so gehen", brüllte er über das allgemeine Stimmengewirr um uns herum.

„Okay", gab ich zurück und versuchte, mich nach einem ersten Schluck Bier zu entspannen. Ist jetzt eigentlich auch egal, dachte ich.

Doch dann trat eine der beiden Bedienungen von hinten an mich heran und begann, ohne Vorwarnung und quasi über meine linke Schulter hinweg, zuerst ihr großes Tablett voller leerer Biergläser abzuräumen und dann wieder mit frisch gezapften Bieren zu beladen. Dies alles machte sie, wie gesagt, halb über mich hinweg, ohne mich ein einziges Mal zum Platzmachen aufzufordern, was ich eigentlich erwartet hätte. Das Dumme an der Situation war, dass ich jetzt, wo sie begonnen hatte, über mich hinwegzuräumen, nicht mehr weg konnte. Während sie also direkt neben und über mir arbeitete, musste ich ihren schnellen Atem an meinem Ohr ebenso ertragen wie ihre großen Brüste, die in ihrem engen T-Shirt bei jeder kleinen Bewegung an meinen Schultern rieben. Ihr Gesicht konnte ich nicht sehen, hörte nur ihren Atem und spürte ihre Brüste.

Ich versuchte, mich auf meinem deplazierten Barhocker noch schmaler zu machen, meine Linke verkrampfte sich um den Griff des Koffers, den ich dicht neben meine Beine gestellt hatte. Schon glaubte ich, durch meinen Mantel zu spüren, wie die Brüste der Bedienung unter der ständigen Reibebewegung heiß und ihre Brustwarzen hart wurden. Ich begann zu schwitzen, mein Mund wurde trocken, etwas wie Würgereiz stieg mir im Hals hoch. Trotzdem war ich erregt und hoffte inständig, dass sie es nicht merken würde. Aber eigentlich konnte es mir doch egal sein, oder? Mit versteinertem Gesicht saß ich da und wartete nur, dass es vorbeiging.

Als ihr Tablett voll war, sagte sie mit schlecht gespielter Entrüstung: „Mensch, du sitzt hier aber verdammt ungünstig", zwickte mich dann kurz mit der freien linken Hand in die Seite und war wieder verschwunden.

Ich atmete auf und versuchte, mich jetzt wirklich durch einen weiteren großen Schluck Bier zu entspannen. Mit der Rechten fuhr ich mir durch die klatschnassen Haare, es tropfte auf den Tresen vor mir. Rainer schaute wieder mal kurz von der Zapfanlage auf. „Ist das okay mit dem Platz da?", fragte er brüllend.

„Ja, sicher", antwortete ich schwach und räusperte mich. Dann wurde es mit einem Mal ruhig. Nicht unbedingt in mir, ich war immer noch seltsam aufgewühlt und starrte angestrengt in mein Bierglas, damit niemand mein Gesicht sehen konnte. Die Leute aber, die gerade eben noch in großen Klumpen an der Theke gestanden hatten, gingen Richtung Hinterzimmer, das heißt, sie schoben sich zwei Schritte weiter, um sich im Wanddurchbruch auf die Zehenspitzen zu stellen. Vor allem das Hinterzimmer von Rainers Kneipe war jetzt komplett still geworden. Nicht, dass es mich besonders interessiert hätte, woher die plötzliche Stille im „Schwarzen Loch" gekommen war, aber auf Rainers vielsagendes Kopfnicken in Richtung Hinterraum drehte ich mich dann doch um und stellte mich kurz darauf auf die Fußrasten meines Hockers, um zu sehen, was drüben vor sich ging.

Ich sah, dass das Mikro wieder auf seinem Ständer steckte und die Bühne leer war. Was nun die plötzliche Stille verursacht hatte, war schlicht die Tatsache, dass der hässliche, rothaarige Glubscher, den Rainer als Dr. Lilienthron oder so ähnlich vorgestellt hatte und dessen Wortschatz so armselig gewesen war, sich von seinem Stuhl in der ersten Reihe erhoben hatte, gemessenen Schrittes zu dem Mann gegangen war, der links neben der Bühne an einem kleinen Tisch saß und wohl so etwas wie „Startnummern" an die Vortragenden ausgegeben hatte, diesem sein rotes Nummernzettelchen auf den Tisch gelegt hatte und jetzt ebenso gemessenen Schrittes die drei Stufen zur kleinen Bühne erklomm, mit seinem kleinen Stapel Blätter bewaffnet und erhobenen Hauptes zum Mikrofon stolzierte, dort wie angewurzelt stehen blieb und mit irrem Blick auf einen – wohl imaginären – Punkt über den Köpfen seiner Zuhörer mit heiserer Stimme seinen Vortrag begann.

Sein Vortrag, den ich Ihnen hier nur aufschreiben kann, da sich kurze Zeit darauf der von mir schon angekündigte seltsame Diebstahl, mein einziger in dieser Nacht, ereignete, begann also und dies waren die Worte des Glubschers: „Frühlingserwachen – Eine hymnische Ode von Doktor philosophiae Hans-Jürgen von Lilienkron." – „Haltet eure verdammten Schnauzen, ihr Wichser!", herrschte er dann plötzlich mit sich überschlagender Stimme zwei Typen aus der dritten Reihe an, die sich wahrscheinlich entweder über seinen Namen, den Quatsch mit der „hümnische Ode" – ich weiß bis heute nicht genau, was das sein soll – oder einfach über die gesamte Situation erheitert hatten. Danach war dann aber auch wirklich erst mal Ruhe, so dass Dr. Lilienkron mit zunehmend schwärmerischem Ton fortfahren konnte.

„Frühling, schönster Brautgemahl!
Du kommst, den Winter zu vernichten!
Befreist die Seel' aus ihrer Qual,
Hilfst nicht nur mir beim Dichten!

Denn so klingt es immerfort,
Jedes Jahr aufs Neue,
‚Frühling!', strahlt's an unserm Ort!
O, wie ich mich freue!

Und wem in dieser wachen Zeit
Ein holdes Weib das Herz geschenkt,
Dem machst Du Deinen Himmel weit,
Mit blauen Träumen reich behängt.

Die kleinsten Worte machst Du schön
Und lässt sie freundlich fließen.
Schiefe Verse, die mich stets verhöhn',
Mit Gold Du lässt begießen!"

Ich weiß nicht, was es war, aber auf irgendeine Art und Weise berührten mich Dr. von Lilienkrons Worte, die er mit einem Leuchten in den Augen vorgetragen hatte, das ich leider gar nicht beschreiben kann, aber noch nie zuvor an einem Menschen gesehen hatte, der lediglich etwas vorlas. Es war auch nicht nur die Art, wie er sein Gedicht vortrug. Es war noch nicht mal der Inhalt seiner Worte. Ich meine, das war ja auch alles Blödsinn mit „Frühlingserwachen" und blauem Himmel und so. Draußen war ja schwärzeste Nacht und es stürmte und regnete und war arschkalter Herbst. Und dann der Quatsch mit dem „Brautgemahl" und dem „holden Weib", echt jetzt mal, was für ein Schwachsinn! Aber irgendwas in seinen Worten und in dem Klang seiner Stimme berührte mich und ließ mich noch lange, nachdem Dr. von Lilienkron mit lautem Gelächter, Spottrufen und höhnischem Beifall von dem aus seiner Erstarrung erwachten Publikum von der Bühne gejagt worden war, auf den Fußrasten meines Hockers stehen bleiben und diesen Mann beobachten.

Während seines Vortrags waren die ganze Hässlichkeit und das zutiefst Abstoßende seines Wesens von ihm gewichen, einfach so, er war in diesen kurzen Augenblicken, in denen man nur seine Stimme hörte, die seine selbstverfassten Worte leben ließ, ein wahrhaft schöner Mensch. Aber ich verstehe davon ja nichts, von dem ganzen Kunstkram und Gedichten und so. Außerdem war ich ziemlich betrunken in dieser Nacht.

Ich setzte mich wieder und trank mein Bierglas aus. Hinter mir wurde kurz darauf dann wieder Gelächter laut. Ich drehte mich um und sah Dr. von Lilienkron, der jetzt auf einmal nur noch müde und erschöpft aussah und mit wirren Haaren und schweißnasser Stirn Richtung Ausgang strebte. Dabei versuchte er, sich einen Weg durch die Menge der besoffenen Spötter zu bahnen, die ihm teilweise von der Bühne aus gefolgt waren und immer noch lallend auf ihn einredeten. Gerade begann einer von den besoffenen Typen, die sich auch nicht durch Dr. von Lilienkrons wüste Beleidigungen verscheuchen ließen, an dem Stapel Blätter zu zupfen, den er eng an sich gedrückt unter dem linken Arm trug. Als sie fast auf meiner Höhe waren, musste Dr. von Lilienkron einem schwankenden Säufer ausweichen. Da aber der Typ neben ihm immer noch an seinen Papieren zupfte, fielen diese dabei zu Boden.

Ich weiß nicht mehr, warum, aber im nächsten Augenblick kniete ich neben Dr. von Lilienkron am Boden und half ihm, die etwa 50 Blätter, von denen er nur das eine vorgelesen hatte, wieder zusammenzusuchen. Dabei sah er mich aus seinen hellblauen Glubschaugen, die jetzt nichts mehr von dem Glanz während des Vortrags hatten, nur fragend an, sagte aber nichts.

Ich blickte einmal kurz zu ihm auf und konnte die Erschöpfung in seinem Gesicht sehen. Der Mann war fertig.

Um uns herum hatten die Säufer inzwischen einen Kreis gebildet, irgendein bescheuertes Lied angestimmt und schoben mit den Fußsohlen die Papierblätter, die beim Runterfallen weiter auseinandergestoben waren, zu uns herüber. Dr. von Lilienkron wandte sich gerade diesen Blättern zu, als mir das Gedicht von gerade eben in die Hände fiel. In diesem Moment glaubte ich, etwas sehr Kostbares vor mir zu haben, das ich – obwohl ich es ja gar nicht richtig verstanden hatte und auch nicht wusste, warum es mir so gut gefiel – unbedingt besitzen wollte. Mit seltsamerweise großer Sicherheit in der Bewegung ließ ich das Blatt mit den Worten von Dr. von Lilienkron unbemerkt in meine Manteltasche gleiten.

Dann waren wir fertig mit dem Aufsammeln und erhoben uns wieder. Dr. von Lilienkron drückte seine Blätter – minus eines – wieder fest an sich. Er blickte mich müde und jetzt beinahe milde an, als er sagte: „Danke, junger Mann." Dann warf er einen Blick in die Runde der besoffenen Gesichter, die ihn blöde anstarrten und immer noch verspotteten. Und als er mich wieder ansah, waren es wieder die irren Glubschaugen, die ich am Anfang des Abends gesehen hatte. „Verpiss dich, du Penner", zischte er, machte dann jedoch selbst kehrt, durchbrach den Kreis der Umstehenden und hastete zum Ausgang.

„So, Jungs, die Show ist vorbei", brüllte dann Rainer. „Ihr verhaltet euch ab jetzt friedlich, sonst fliegt ihr alle raus."

Daraufhin zerstreute sich die Menge der besoffenen Spötter. Überhaupt war es schon wieder deutlich leerer im „Schwarzen Loch" geworden. War ja bestimmt auch schon weit nach Mitternacht. Mit gesenktem Kopf stand ich immer noch nahe der Theke, wo ich das Blatt mit Dr. von Lilienkrons wunderschönen Worten „aufgehoben" hatte. Wirre Gedanken gingen mir durch den Kopf: Ich dachte an eine grüne Wiese im Frühling, an einen seltsamen Bräutigam, der im schwarzen Frack über diese Wiese ging, und an Mathilda, die mit ausgebreiteten Armen am anderen Ende der Wiese stand, einen Dolch in der Brust stecken hatte und ein weißes Kleid mit roten Blutflecken trug.

„Tom! Hey, Tom!" Das war wieder Rainer.

„Mmh", machte ich nur.

„Darf's für dich noch was zu trinken sein?"

„Nee, danke, ich muss wieder weiter", sagte ich wie in Trance. Meine rechte Hand steckte in meiner Manteltasche bei dem Blatt Papier. „Was bekommst du für das Bier?"

„Ach, lass mal stecken. Sieh zu, dass du ins Bett kommst, du siehst echt nicht gut aus."

„Mmh", machte ich wieder. Dann ging ich zu dem Barhocker, auf dem ich gesessen hatte, nahm Mathildas Koffer mit der linken Hand, ließ die rechte in der Manteltasche und verließ die Kneipe.

10

*A*ls ich aus dem „Schwarzen Loch" kam, fing es wieder an zu regnen. Ich zuckte nur mit den Schultern, hatte ja ohnehin nicht mitgekriegt, dass es irgendwann zwischendurch mal aufgehört hatte. Langsam ging ich geradeaus. Das Gefühl der Taubheit, obwohl Taubheit eigentlich das falsche Wort ist, es war mehr eine unbeschreibliche und tiefe Gleichgültigkeit, dieses Gefühl auf jeden Fall, es hielt an. Ich war besoffen und ich war stumpf und es gefiel mir gar nicht so schlecht.

Ich ging langsam weiter. Mir war alles egal, die nassen Klamotten, die nassen Schuhe, die jetzt im wieder stärker werdenden Regen erneut ihr „Quatsch, quatsch, quatsch" machten, aber nicht mehr so laut wie vor ein paar Stunden, die gescheiterte, von Beginn an blödsinnige Flucht, die Bullen, die Wunde auf meiner Brust, alles. Aber die Wunde? Mathilda? Ihre Wunde?

Die ganze schöne und warme Gleichgültigkeit war schlagartig wieder verflogen. Ich umfasste den Koffergriff fester und schloss die Hand um das zusammengeknüllte Blatt Papier in meiner Tasche. Nicht mehr loslassen!

Vor dem großen Fenster einer taghell erleuchteten Bankfiliale blieb ich schließlich stehen und starrte ins Licht. Ich atmete schwer, aber das erneute Kratzen im Hals war schon wieder schwächer geworden. Ich setzte trotzdem den Koffer ab und nahm noch einen Schluck. Wie spät mochte es jetzt sein?

Ziemlich direkt über meinem Kopf hing eine digitale Uhr, die im rechten Winkel zur Fassade der Bank an der Außenwand befestigt war. Ich steckte die Whiskyflasche ein und trat einen Schritt zurück. Nicht, dass mir die Uhr noch auf den

Kopf fällt, dachte ich idiotischerweise. Ihre gelben Leuchtziffern zeigten 0:45 Uhr. Eine Sekunde später sprang die Uhr auf 12.11. – 12.11.? War dies das Datum von heute? 12.11.? Sicher, es war nach Mitternacht. Ach, du Scheiße! Ich lehnte mich gegen die große Glasscheibe der Bank und warf einen langen Schatten auf den Gehweg, da der Bankvorraum ja so abartig hell beleuchtet war. Ach, du Scheiße! 12.11.! Morgen ist mein Geburtstag, stellte ich fest. Ich hatte es vergessen, das müssen Sie mir glauben. Nicht, dass ich den Tag meiner Geburt jemals für sehr wichtig erachtet hätte, ich meine, ich bin ja auch nicht viel, daher auch nicht viel, was es zu feiern gäbe, aber in dieser Nacht hatte ich es einfach total vergessen. In den letzten Jahre war es nur Mathilda gewesen, die meinen Geburtstag beachtet hatte. Sie hatte sich dann immer freigenommen, das heißt, mit niemandem geschlafen und niemanden erschossen und war mit mir ausgegangen. Meistens zum Tanzen, was dann eher ein Geschenk für sie als für mich gewesen war. Aber andererseits, bis zu dieser Nacht hätte ich auch dafür bezahlt, ihr nur beim Tanzen zuschauen zu dürfen.

Jetzt stand ich da, vor dieser scheißneonhellen Bank, und hatte am nächsten Tag Geburtstag. Ich wurde dreißig.

„Dreißig werden ist scheiße", hatte Mathilda einmal gesagt. Sie war zweiunddreißig Jahre, drei Monate und zwölf Tage alt, als sie starb. Ich hatte mir nie darüber Gedanken gemacht. Ich machte mir ja ohnehin nicht viel aus mir, aber Mathilda hatte betont, es sei viel leichter zweiundzwanzig oder sechsundzwanzig zu werden als dreißig.

Sie hatte kurz vor ihrem dreißigsten Geburtstag mal ein dünnes Buch gelesen. Ich glaube, ich hatte es ihr aus der Straßenbahn „mitgebracht", weil ich den Titel damals ganz interessant fand. Daraus hat sie mir oft etwas vorgelesen, weil sie es so toll fand. Den Titel weiß ich nicht mehr. In dem Buch geht es um einen Typen, der von einem anderen Typen erzählt. Beide Typen wohnen in Amerika und der andere Typ ist stinkreich. Und dann sind da noch ein paar Frauen. Auf jeden Fall fällt dann dem einen Typen, dem, der alles erzählt, irgendwann ein, dass er Geburtstag hat und dreißig wird und dann ist er ganz deprimiert deswegen. Mathilda hatte diese Stelle im Buch geliebt, war dann aber auch ganz traurig, wenn sie mir das vorgelesen hatte.

Seltsames Buch. Ich fand es nur bemerkenswert, wie viel die da alle gesoffen haben und dann noch lustig mit dem Auto durch die Gegend gefahren sind.

Ich mache mir ja nichts aus Büchern. Deshalb konnte ich Mathilda auch nie richtig verstehen, ich meine, dass ein Buch sie so traurig machen konnte. Obwohl, dieses Gedicht von vorhin hat mich ja auch irgendwie ... berührt.

Na ja, auf jeden Fall habe ich Mathilda immer dann, wenn sie geweint hat, weil sie bald dreißig wurde, in den Arm genommen und ihr gesagt, es wäre nicht so schlimm, dreißig zu werden und so. Aber sie hatte recht: Jetzt, wo ich dreißig wurde und Mathilda nicht da war, um mich darauf hinzuweisen, dass ich Geburtstag hätte und dass wir den feiern müssten, fand ich dreißig werden auch ziemlich scheiße. Richtig scheiße.

Bevor das Kratzen im Hals wieder anfangen konnte, trank ich schnell einen Schluck. Dann nahm ich Mathildas Koffer auf, blickte noch einmal über meine Schulter ins Licht des Bankvorraums und ging langsam weiter.

* * *

Wohin jetzt? An Flucht war nicht mehr zu denken: Kein Geld, viel zu viel Alkohol und wohltuende Gleichgültigkeit, die langsam zurückkehrte. Trotzdem wollte ich nicht stehen bleiben oder mich irgendwo hinsetzen. Die Bewegung tat mir gut. Und so ging ich den Weg, den ich eingeschlagen hatte, einfach weiter.

Ich war mir nicht bewusst, wohin er mich führen würde. Erst als ich im Dunkeln fast über die ersten Gleise des alten Rangier- und Güterbahnhofs im Südwesten der Stadt stolperte, hatte ich wieder einigermaßen eine Orientierung. Zwei Dinge beschäftigten mich dann doch und trugen dazu bei, meine schwere, aber wirklich nicht unangenehme Gleichgültigkeit, die im „Schwarzen Loch" begonnen hatte, zu vertreiben: Erstens, mir war arschkalt, weil es einfach nicht aufhören wollte zu regnen und meine nassen Klamotten mir am Körper klebten. Ich musste also aus dem Regen raus. Zweitens musste ich wahnsinnig dringend pissen, was ich, das fiel mir jetzt erst auf, den ganzen Abend trotz der vielen Getränke noch nicht getan hatte.

Auf der anderen Seite der stillgelegten Gleise, auf denen ich stand, sah ich eine niedrige, heruntergekommene Fabrikhalle. Sie hatte ein Dach, das auf der mir zugewandten Seite ein ganzes Stück überhing. Dieser Unterstand schien mir für beide Probleme eine Lösung zu bieten.

Unter dem Dach angekommen, sah ich im schwachen Licht einer Gleislichtanlage auf der anderen Seite des Bahnhofs, die noch in Betrieb war, dass auf dem betonierten Boden unter dem Vordach mehrere alte Pappkartonreste und Zeitungen lagen. Umso besser, dachte ich, dann brauche ich nicht auf den Steinen zu sitzen. Ich trat ein paar Schritte zur Seite, so dass ich meine neue Lagerstätte nicht beschmutzte und entleerte mich gegen die Rückwand der Fabrikhalle.

Nicht weit weg von mir, von dort, wo die Pappen und Zeitungen lagen, kam ein Rascheln und dann eine müde, aber trotzdem ärgerliche Stimme: „Wehe, du pisst mich an!"

„Keine Sorge", sagte ich sofort ins Dunkel. Als ich fertig war, ging ich die paar Schritte nach links zurück und wollte mich setzen. Es raschelte wieder und dann hob sich der ganze Berg aus Pappen und Zeitungspapier an. Ich konnte sehen, wie sich jemand im Halbdunkel aufrichtete. Dann wurde ein Streichholz angerissen. Die Streichholzflamme entzündete einen Kerzendocht. Das flackernde Licht des Kerzenstummels, der jetzt in einem Becher auf dem Boden unmittelbar vor meinen Füßen stand, erhellte die Umgebung nur ungenau, aber es war hell genug, um das Gesicht des Fremden zu erkennen: Direkt neben dem Kerzenlicht saß der Penner aus der Sackgasse und glotzte mich an.

„Du schon wieder?", rief er missgelaunt, aber trotz der Dunkelheit konnte ich ein kleines Lächeln sehen, das seinen fast zahnlosen Mund umspielte. Wahrscheinlich erinnerte er sich wieder an meine für ihn so erheiternde Unkenntnis bezüglich seines besten Freundes, wie hieß der noch gleich, von dem er mir dort an der Häuserwand so viel erzählt hatte.

Ich antwortete nicht auf seine Frage und er schien auch keine Antwort zu erwarten. Obwohl ich eigentlich nicht scharf darauf war, hier länger mit ihm zu bleiben, wollte ich doch nicht wieder in den Regen und fragte: „Was dagegen, wenn ich mich setze?"

„Nä", antwortete der Penner desinteressiert. „Das heißt", fuhr er fort und seine Stimme hellte sich auf „nur wenn du noch was von dem Whisky da hast, sonst nicht."

„Schon verstanden", sagte ich und setzte mich auf den Pappenstapel neben den Penner, nahm selbst noch einen großen Schluck aus der Flasche und reichte sie ihm.

„Ahh, das ist guuud", hörte ich ihn neben mir im Halbdunkel. „Heißen Dank auch!"

Dann starrten wir in den Regen und schwiegen. Ich hielt den Koffer mit der linken Hand fest, die rechte hatte ich in die

Tasche gesteckt. Wir starrten lange einfach in den Regen, der den ganzen Himmel in ein fahles Grau tauchte. Irgendwo ganz weit hinten am Horizont glaubte ich dann einen roten Fleck zwischen der ansonsten geschlossenen Wolkendecke zu sehen. Bestimmt nur Einbildung. Trotzdem begann es in meinem Hals wieder zu kratzen. Ich schluckte.

Um überhaupt etwas zu sagen, fragte ich mit belegter Stimme in die graue Dunkelheit: „Bist du ganz alleine hier?" Selten dämliche Frage, oder?

„Wieso?", kam die barsche Antwort.

„Na ja, ich dachte, du triffst dich heute Nacht vielleicht noch mit deinem Kumpel. Wie heißt der noch?"

„Der Willi?"

„Ja, genau."

„Was soll mit dem sein?"

„Triffst du den noch heute Nacht? Ich dachte, ihr wärt so gute Kumpels."

Der Penner neben mir wurde nun ziemlich böse, fragen Sie mich nicht, warum.

„Jetzt lass dir mal eins gesagt sein, du Wichser", brauste er auf, „glaubst du, Willi, *der* Willi, hätte es nötig, bei so einem Scheißwetter irgendwo draußen rumzulungern, so wie du und ich? Hä? Glaubst du das? Mann, das ist der Willi, von dem du da redest, du Wichser!"

„Ja, sicher", sagte ich, überrascht über seinen Gefühlsausbruch. Nicht, dass es mich wirklich interessierte, aber ich fragte trotzdem weiter: „Was macht der denn so, der Willi?"

„Was macht der denn so?", äffte mein Nebensitzer mich nach und nahm noch einen zornigen Schluck aus der Flasche. „Mann, der Willi macht immer genau das, worauf er Lust hat. Davon hast du doch gar keine Ahnung, Mann! Der Willi, was der alles schon für Dinger gerissen hat, das kannst du dir gar nicht vorstellen, der Willi hat mal zum Beispiel …"

„Und du?", fragte ich genervt dazwischen.

„Wie und ich?", fragte er gereizt zurück.

„Na ja, du sagst, der Willi dies und der Willi das. Was hast du damit zu tun?"

„Was ich damit zu tun hab'?", schrie er aufgebracht in die Nacht. „Was ich damit zu tun hab'? Das werd' ich dir sagen: Der Willi und ich, wir waren ... wir *sind* ein Team, die Besten zusammen. Immer. Ein Team, verstehst du? Der Willi als Anführer, als Kopf, als Chef ... und ich. Ein Team, nur wir beide, verstehst du das überhaupt, du Wichser? Ein Team sind ... *waren* wir ... früher", setzte er dann leiser hinzu und ließ den Kopf wieder hängen.

„Und jetzt?", fragte ich.

„Jetzt", sagte er noch leiser und ich konnte sein faltiges Gesicht und seine leeren Augen im Schein der kleinen Kerze sehen, sah dann, wie er in den strömenden Regen blickte, „jetzt ... jetzt ist *das* mein Leben. Das hier ist mein Leben. Und nichts anderes." Dazu machte er eine schlaffe umfassende Bewegung mit dem Arm, in dessen Hand er die Flasche hielt.

Ich schwieg einen Moment und sah ihn an. „Und der Willi?", fragte ich dann fast schon aufmunternd, vielleicht weil ich in dieser Nacht mit solchen Gedanken auf einmal nichts mehr zu tun haben wollte, aber genau weiß ich das nicht mehr.

„Der Willi", rief er mit wieder stärkerer Stimme, „glaubst du, der Willi würde so ein Leben führen? Der doch nicht! Der Willi kommt immer durch, der hat's halt drauf. Den werden die niemals kriegen. Niemals, hörst du? Der Willi kommt immer durch. Der macht die noch fertig, wenn ich schon lange verreckt bin, der Willi!"

Ich schwieg und blickte in den Regen. „Und wo ist er jetzt, der Willi?", fragte ich schließlich.

„Weg", sagte er mit Grabesstimme. „Weg, seitdem der Scheiß hier losging. Glaubst du im Ernst, der Willi würde sich hier mit uns in die Scheiße setzen und Scheiße labern hier im Scheißregen? Nein! Der Willi ist weg", fuhr er dann stolz und mit irrem Blick stier geradeaus fort. Danach stellte ich ihm keine bescheuerten Fragen mehr. Es hatte etwas gedauert, bis ich es kapiert hatte, aber auf einmal machte alles einen Sinn, was er mir da vom Willi erzählte.

Er blickte kurz zu mir und richtete sich dann noch weiter auf: „Jetzt ist der Willi vielleicht mal weg und ich sitze hier in der Scheiße. Aber was glaubst du denn", rief er immer lauter in den Regen, „was glaubst du denn, wenn der Willi erst mal zurückkommt, wenn der Willi erst mal wieder da ist? Wenn Willi und ich uns wiedersehen, was dann wieder abgeht, was wir dann alles machen können. Dann zeigen wir es ihnen allen! Den ganzen Ratten! Den RATTEN!", brüllte er. „Der Willi und ich, wir werden ...", plötzlich brach er ab. Mit stierem Blick fixierte er einen Punkt weit hinten in der Dunkelheit.

Ich schaute auch dorthin, sah aber nichts.

„Der Willi", flüsterte er kaum hörbar. Dann lauter: „Der Willi!" Und lauter: „Der WILLI!" Er sprang auf, deutete auf den Punkt im Dunkeln, den nur er sehen konnte, und brüllte mit sich überschlagender Stimme: „Da ist er wieder. Der WILLI! Das ist er. Er kommt. Er kommt zurück. Er kommt wieder, mich holen! Der WILLI!" Dann rannte er los. Niemand hätte ihn jetzt aufhalten können. „Willi! WILLI! Warte, ich komme!", brüllte er, während er über die Gleise davonrannte, immer diesem Punkt in der dunklen Ferne entgegen, den ich nicht sehen konnte.

Ich weiß nicht, warum, aber ich sah ihm noch lange nach und empfand für einen kurzen Moment Freude oder etwas Ähnliches. Im grauen Dunkel unter dem Vordach ballte ich meine Faust im Schein der Kerze. Auch als der strömende Regen und das Dunkel den Penner längst verschluckt hatten, hörte ich ihn noch brüllen: „Der Willi! Wir beide. Da bist du wieder!"

* * *

Ich musste wohl eingeschlafen sein. Als ich aufwachte, hing ich nach links über den Koffer gesunken mit dem Rücken an der Wand der Fabrikhalle. Ich richtete mich auf. Der Kerzenstummel auf dem Boden war schon lange verloschen. Der Regen hatte noch nicht aufgehört, war aber schwächer geworden. Ich tastete im Dunkeln nach rechts, wo ich die Flasche vermutete. Schließlich fand ich sie. Sie lag auf der Seite, unverschlossen und leer. Der Penner musste sie in seinem Jubel fallen gelassen haben. Aber wahrscheinlich hatte er sie ohnehin vorher schon geleert. „Na, toll", murmelte ich. Aber das war jetzt auch egal.

Mir war seltsam zumute, als ich mich wieder aufsetzte und in die nun nicht mehr ganz so graue Nacht und den nicht mehr ganz so starken Regen starrte. Zwischen den riesigen Wolkenblöcken gab es große Lücken mit Sternenhimmel. Ich weiß nicht, woher es kam, aber ich fühlte mich jetzt anders als zuvor.

Anders. Seltsam. Ob die Willi-Erzählung des Penners damit etwas zu tun hatte oder das Gedicht von Dr. von Liliencron? Ich wusste es nicht. Ich starrte weiter in den nicht mehr ganz so grauen Himmel.

Dann sah ich etwas. In weiter Ferne, wo die schweren Wolkenfetzen am Horizont fast die nasse Erde berührten. Dorthin starrte ich. Etwas kam mir entgegen. Von dort. Ein einzelner roter Fleck. Von dort schwebte mir etwas entgegen. Ich sah es immer deutlicher, das müssen Sie mir glauben. Ich blinzelte. Der rote Fleck blieb. Er stieg und schwebte mir unter dem niedrigen grauen Regenhimmel entgegen. Ich blinzelte. Immer näher schwebte es mir entgegen. Immer näher. Mathilda? Ich sah. Ich sah *sie*! Sie war es. Kein Zweifel. Sie schwebte. Schwebte mir entgegen und auf mich zu. Der rote Fleck war zur Spur geworden, gezogen von ihr über den regengrauen Wolkenhimmel, an dem vereinzelte Sterne schimmerten. Mathilda! Sie kam. Kam zu mir zurück! Schon sah ich ihr Gesicht. Riesengroß. Aus dem Himmel entstanden. Geformt aus dem Regenhimmel stand Mathildas Gesicht und jetzt auch ihr Körper rot umschienen direkt vor mir und über mir. Ich sah es genau. Dann fühlte ich nichts mehr. Außer Mathildas Augen. Riesengroß. Ihre Augen strahlten mir entgegen. Grüne Smaragde umgeben vom regengrauen Himmel. Ihre Augen lächelten mich an. Ich fühlte nichts mehr, außer einer Leichtigkeit, die mich aufhob und zu ihr, zu Mathilda, zurücktrug.

Ich zurück zu ihr. Und sie zurück zu mir. Wir. Ich fühlte nichts mehr, außer dieser Leichtigkeit, die mich im sanften Regen emporhob, Mathilda und der Röte am Horizont entgegen.

Ich fühlte nichts mehr, außer dieser Leichtigkeit und diesem einen Wunsch, dem Wunsch, bei ihr zu sein. Ich schwebte, sie schwebte, vor einem roten und grauen Regenhimmel mit nur ganz wenigen Sternen schwebten wir uns entgegen, um wieder eins zu sein. Ich versuchte zu schreien. Es ging nicht. Nur Schweben. Und sie schwebte auch. Mathilda. Kein Wort. Nicht von mir. Nicht jetzt. Ich sah es genau. Mathilda! So hart und plötzlich verloren, so lange gesucht und jetzt gefunden, um wieder zusammen zu sein! Mathilda! Immer näher. Wieder eins sein. Ihre Augen. Riesengroß. Ich wollte dorthin, wo sie war. Eintauchen in diese Augen und mit Mathilda dort in der Röte verschwinden. Kein Wort! Nicht jetzt. Nicht sprechen. Nur schweben. Mathilda schwebte und reichte mir ihre Hände. Ich fühlte ihre Hände. Wir schwebten zusammen. Nur wir. Ich sah es. Ich fühlte sie. Ihre Augen, ihr Lächeln.

Aber ihr Körper? Verletzt! Da steckte der Dolch. Seit-lich in der Brust steckte der Dolch. Mein Dolch. Die Wunde! Riesengroß. Mathildas Wunde! Der Dolch, den sie begrub. Begrub in sich.

Doch Mathilda rot umschienen sah meinen Blick. Hob meinen Kopf wieder an, während wir durch Nebelschleier schwebten. Mathilda rot umschienen sah meinen Blick und lächelte. Lächelte, wie nur sie es konnte. Sah auf den Dolch in ihrer Brust und zuckte nur mit den Schultern, wischte so allen Schmerz von uns. Ich wollte näher schweben, sie zu mir heran-ziehen, um mich heranzuziehen, um nicht wieder loszulassen, um bei ihr zu sein, um nie wieder von ihr zu gehen, um dort mit ihr hinzugehen, von wo sie gekommen war.

Doch Mathilda rot umschienen vor Nebelregengrau lä-chelte nur. Lächelte nur und löste meine Hände aus den ihren. Langsam, aber bestimmt. Ihre Augen strahlten mich an, als sie sich langsam in den roten Fleck ganz hinten am regengrauen Nebelhorizont zurückzog. Ihre Augen sah ich bis zuletzt. Wie-der versuchte ich zu schreien. Es ging nicht. Kein Wort!

Doch Mathilda? Doch Mathilda sprach, sprach zu mir. Ich hörte nichts. Nichts außer Mathildas Stimme. Worte wie „wieder" und „sehen". Mathilda? Wiedersehen? Wieder sehen, Mathilda? Mathilda rot umschienen in weiter Ferne. Bleib! Am roten Horizont. So fern. Dahin, dahin. Ich will mit! Mat-hilda! Wieder entschwunden. Wieder verloren? Wieder sehen? Wiedersehen.

* * *

Als ich erwachte, schmerzte alles. Nach links über den Koffer gesunken, der neben mir stand, musste ich wohl wieder einge-schlafen sein. Ich öffnete langsam die Augen, obwohl ich gar keine besondere Lust dazu hatte. Aber es schmerzte alles. Der Kopf, die Beine, sogar die Wunde auf meiner Brust, seltsam, aber mein Hals schmerzte und kratzte nicht mehr. Mein erster Blick fiel auf die Flasche. Sie lag immer noch da. Leer auf der Seite. Es war mir egal. Der fahle Morgenhimmel hatte sich zwar vom Regen befreit, war aber in ein fernes Rot getaucht, das von den letzten Trümmern der vorher so mächtigen Wolkentürme reflektiert wurde. Ich richtete mich auf und horchte in die Stille, die mich jetzt umgab. Wie spät mochte es sein? Ich blickte lange dorthin, von wo Mathilda gekommen war und wo jetzt die Morgenröte stand. Fahl noch und gräulich noch, aber schon da. Es war ein Morgen, wie ich ihn bestimmt noch nie erlebt hatte, glauben Sie mir. Wie spät mochte es sein? Ist ja eigentlich auch egal, dachte ich, hörte weiter auf die Stille, hielt Mathildas Koffer fest und blickte ins Morgenrot, dort hinten am Horizont.

Dann irgendwann stand ich auf, fragen Sie mich nicht, warum. Konnte ich noch gehen? Ich ging langsam, das heißt, ich ging so langsam, dass man denken konnte, ich müsste erst wieder gehen lernen, lernen, einen Fuß vor den anderen zu setzen, langsam, unsicher, aber erfinderisch, wie ein vor nicht allzu langer Zeit geborener Mensch. Langsam setzte ich also einen Fuß vor den anderen. Ich ging. Mein Körper schmerzte, meine Beine schmerzten, mein Kopf schmerzte, aber das war mir egal. Ich konnte gehen. Ich trug den Koffer in der Linken und ging. Langsam vorwärts. Ich überquerte die toten Bahngleise, diesmal in anderer Richtung. Ich war aufgestanden und es war ein neuer Morgen und ich konnte gehen, also ging ich.

Ich ging stumm. Lange Zeit. Ich räusperte mich. Konnte ich überhaupt noch sprechen? Ich flüsterte: „Mathilda?" Ich sprach irgendetwas. Ich sprach: „Frühling, schönster

Brautgemahl!" So ein Schwachsinn, finden Sie nicht auch? Aber ich konnte sprechen. Also sprach ich. Und ich konnte gehen. Also ging ich. Der Rest war mir egal.

Ich konnte gehen, also ging ich nach Hause.

11

*M*ein Zuhause, eine Anderthalbzimmerwohnung in einem Neubaugebiet am Ostrand der Stadt, war nicht der Rede wert. Meine Wohnung war so wie ich. Wenig, aber nicht gar nichts. Und sie gehörte mir allein. Sie war in einem Haus, in dem Sie bestimmt nicht wohnen wollten, glauben Sie mir. Für mich war es genug.

Wie ein Schlafwandler stieg ich langsam die Treppen empor. Gestank und Geschrei aus den anderen Wohnungen schienen noch zu schlafen. Auch auf der Treppe begegnete mir niemand. Das fand ich gut so, obwohl es mir auch egal war.

Wie spät mochte es sein? Meinen Schlüssel trug ich in der Hosentasche, denn auch wenn mir das Haus und die Wohnung nichts oder nicht viel bedeuteten, so war ich doch hier zu Hause. Dies war mein Zuhause. Nicht viel, aber nicht gar nichts.

Ich öffnete die Tür und blickte im fahlen Morgenlicht auf das Chaos, das in dem zusammenhängenden Doppelraum herrschte, den ich meine Wohnung nannte. Die einzige Uhr, die ich besaß, hing gegenüber der Eingangstür. Ihre Ziffern leuchteten im fahlen Halbdunkel. 7.13 Uhr. Ich stolperte zu meinem Bett, denn auch wenn mir nichts in meiner Wohnung

besonders viel bedeutete, auf mein Bett hatte ich immer großen Wert gelegt und mich immer gern hineingelegt. Da das
Bett ausnahmsweise an diesem Morgen gemacht war und ich
ohnehin viel zu müde war, schmiss ich mich einfach in den
Klamotten, von Blut und Whisky befleckt, auf die Überdecke
und ließ den Koffer neben dem Bett zu Boden fallen. Ich war
des Herumlaufens müde und froh, irgendwo angekommen zu
sein.

Ich schlief nicht. Draußen wurde der Gesang der Vögel
durch das monotone Motorengeräusch einer Straßenkehrmaschine übertönt, die sich in der kleinen Gasse, die direkt unter
dem einzigen Fenster meiner Wohnung entlangführte, besonders lange aufzuhalten schien. Also lag ich im fahlen Morgenlicht und hörte mit offenen Augen dem Motorengesang des
Straßenkehrers zu. Ich fühlte gar nichts mehr. Wusste nur, dass
ich hier richtig war, dass ich hier zu Hause war, auch wenn es
nicht viel war, und dass ich richtig gegangen war. Mein Kopf
sank zur Seite.

Mein Blick fiel auf den Koffer. Ich musste lächeln: Der
Scheißkoffer! Mathildas Koffer. Ein großer brauner Lederkoffer. Mit Zahlenschlössern. Auf einmal streckte ich die Hand
aus und zog ihn zu mir heran. Ein großer, alter, an den Ecken
abgestoßener, gar nicht so schwerer, wie mir erst jetzt auffiel,
Lederkoffer, der mit Zahlenschlössern gesichert war. Neben
dem Griff war ein Etikett in einer flachen Lederhülle. Ich las im
Halbdunkel von einem Hotel, zu dem der Koffer wohl mal gehört hatte. Ich erinnerte mich jetzt doch wieder: Ich hatte ihn
in irgendeinem Hotel irgendwo mitgenommen und Mathilda
zu ihrem nächsten Geburtstag geschenkt. Vier Jahre musste
das jetzt schon her sein.

Ich richtete mich halb auf und suchte über dem Kopfende
meines Bettes auf dem Bücherbrett, auf dem niemals auch nur
ein einziges Buch gestanden hatte, nach etwas zum Öffnen.

Ich fand ein Taschenmesser. Meinen Dolch hatte ich ja nicht mehr. Innerhalb von wenigen Sekunden hatte ich die Schlösser am Koffer geöffnet. Ich schlug den Deckel zurück. Draußen wurde es langsam hell. Es war bestimmt schon fast halb acht oder so.

Sie werden mir das jetzt bestimmt nicht glauben, aber in meiner Wohnung gab es nichts Persönliches von mir, kein Andenken an irgendeinen Ort, nichts Selbstgemachtes, nichts, was nicht austauschbar gewesen wäre, und erst recht keine Fotos. Der Koffer aber war voll davon. Er war randvoll mit Fotos: Fotos von mir, Fotos von Mathilda, Fotos von uns beiden. Von überall, aus jeder Zeit, in der wir uns kannten. Es waren Andenken darin an alles, was wir unternommen hatten: Bierdeckel, Kronkorken, leere Schnapsfläschchen, Speisekarten, Stadtpläne, Kinokarten, alte T-Shirts von mir und alte Blusen von Mathilda.

Ich nahm eine Bluse heraus und roch daran. Wie alt mochte sie sein? Ich roch sie. Mathilda! Ich roch ihren Geruch. Ich atmete ihn ein. Mathilda?

Ich schniefte. Ich weinte. Dann lachte ich. Und weinte wieder. Und ich war dankbar, anders kann ich dieses Gefühl nicht beschreiben. Ich durchstöberte den Koffer. Ich war dankbar und ich lachte. Und ich weinte. Und meine Tränen fielen in den Koffer. Fielen in Mathildas Koffer. Tropften in unseren Koffer auf Speisekarten, Blusen, Bierdeckel und Fotos. Ich weinte und weinte und ich war dankbar.

Ich weiß nicht mehr, wie lange ich den Koffer durchstöberte. Irgendwann war ich doch so müde, dass ich in die Kissen zurücksank. Ich weiß auch nicht, wie viel Zeit vergangen war. Draußen war es immer heller geworden. Kein Vogel sang. Das Morgenrot war nur noch blass in der Ferne zu sehen. Der Motorengesang des Straßenkehrermannes war hingegen immer noch deutlich zu hören. Ich lag im fahlen

Licht auf meinem Bett und hörte seinem monotonen Gesang zu.

Ich richtete mich noch einmal kurz auf und griff in meine rechte Manteltasche, um noch etwas herauszuholen. Ich hielt es fest in der rechten Hand, es zerknitterte noch mehr zwischen meinen Fingern. Ich sank zurück in die Kissen. Mit meiner linken Hand hielt ich ein Foto aus dem Koffer auf meiner Brust, das mir besonders gut gefallen hatte. Ich hielt es dicht neben meiner Wunde. Es zeigte Mathilda in einem rot gepunkteten Sommerkleid. Sie saß in einer Blumenwiese und schaute nicht in die Kamera. Sie schaute irgendwo anders hin und hielt den Kopf schräg nach oben und zur Seite geneigt, so wie sie es beim Tanzen immer getan hatte. Ich liebte dieses Foto und ich war dankbar.

Mit dem Foto von Mathilda auf der Brust lag ich da. Draußen war immer noch der Gesang der Straßenkehrmaschine zu hören. Ich lag da und atmete.

Nicht mehr lange, dessen war ich mir sicher, dann würden sie kommen. Sie würden kommen und mich holen. Mein Dolch steckte in Mathildas Brust. Sie hatte ihn in sich begraben. Sie würden kommen und mich holen, das wusste ich. Es war mir egal. Ich wollte nicht fort. Wollte liegen bleiben und schlafen.

Ich glaube, ich lächelte ziemlich bescheuert, als ich ins graue Morgenlicht, das meine Wohnung durchwaberte, flüsterte: „Gute Nacht, du Straßenkehrermann und danke für deine Lieder! Gute Nacht, Doktor von Lilienkron, danke für Ihre Worte. Gute Nacht, fremder Penner, ich hoffe du findest den Willi. Und gute Nacht auch dir – Mathilda!"

Wahrscheinlich lächelte ich noch eine Weile vor mich hin. Dann schlief ich ein.

* * *

Wissen Sie, nichts von dem, was ich Ihnen hier erzählt habe, mag irgendetwas bedeuten oder zählen. Deswegen erneut mein Rat: Vergessen Sie die ganze Geschichte wieder!

Ich habe in dieser Nacht einen langen Weg zurückgelegt und weiß schon gar nicht mehr, warum überhaupt. Der Weg führte durch eine Stadt, die mal meine Stadt gewesen war und die ich einst geliebt hatte. Ich bin diesen Weg gegangen. Er führte mich im Kreis herum. Ich bin diesen Weg trotzdem gegangen. Was hätte ich sonst tun sollen? Am Ende bin ich nach Hause gegangen.

Aber ob man seinen Weg geht oder stehen bleibt, ihn findet, schon verloren hat oder einfach wieder nach Hause geht – was heißt das schon? Ich meine, was bedeutet es wirklich? Und passiert es nicht andauernd?

Ich weiß es nicht.

Ich bin Tom, eigentlich Thomas, Traubert. Ich liebe Mathilda. Das ist alles, was ich weiß. Mathilda ist tot, aber was hat das schon zu bedeuten? Das, was ich Mathilda war, sie mir ist und immer sein wird, *das* ist es, was wirklich zählt. Oder finden Sie nicht?

* * *

Epilog

*T*homas Traubert wurde kurze Zeit später festgenommen. Um 8.15 Uhr verschafften sich einige Polizisten mit Hilfe des Hausmeisters Zutritt zu seiner Wohnung und fanden ihn schlafend und offensichtlich stark alkoholisiert mit einem Foto auf der Brust und einem vergilbten Blatt Papier in der rechten Hand.

Thomas Traubert wurde wegen des dringenden Verdachtes, seine Lebensgefährtin ermordet zu haben, festgenommen. Diese war von einer Hausbewohnerin gegen 5.45 Uhr tot in ihrer Wohnung aufgefunden worden. Die Tür war nur angelehnt gewesen. Nichts ließ auf ein gewaltsames Eindringen schließen. Die Tote war erstochen worden, ein Dolch, der sich später als der des Angeklagten herausstellte, hatte ihr die tödliche Verletzung zugeführt und steckte noch in ihrer Brust. Am Tatort wurden neben zahlreichen Fingerabdrücken auf der Tatwaffe auch Textil- und Blutspuren gefunden, die zweifelsfrei dem Angeklagten zugeordnet werden konnten.

Sowohl in den Verhören als auch beim späteren Gerichtsverfahren schwieg der Angeklagte hartnäckig zur Sache, nur die Frage nach dem Dolch bejahte er offen, beinahe so, als wäre er stolz, dass die Tatwaffe ihm gehörte. Ansonsten klammerte er sich schweigend an das bereits weiter oben erwähnte Foto und blickte oft stundenlang darauf, ohne seine Umgebung wahrzunehmen. Häufig lächelte der Angeklagte während der Verhöre und Gerichtsverhandlungen, sein Schweigen jedoch blieb hartnäckig bis zum Schluss.

Da ein psychologisches Gutachten keine geistige Beeinträchtigung des Angeklagten feststellen konnte, wurde er im abschließenden Urteil bei unverminderter Schuldfähigkeit zu lebenslanger Haft verurteilt.

Seit nunmehr dreizehn Monaten sitzt Thomas Traubert in Haft. Er erhielt bis jetzt noch nie Besuch und nimmt auch innerhalb des Gefängnisses selten Kontakt zu Mithäftlingen auf.

Vor vier Wochen bat er, für das Wachpersonal sehr überraschend, um einen Stift und einhundert Blätter Schreibpapier, obwohl – so sagte er dem diensthabenden Vollzugsbeamten ungefragt – was er aufzuschreiben habe, eigentlich nicht so wichtig sei.

ENDE

Für früher, für jetzt und für später

Für Nicole